La isla del
Doctor Moreau

Plutón
Ediciones

COLECCIÓN
MISTERIO

La isla del
Doctor Moreau

H.G. WELLS

TRADUCCIÓN: BENJAMIN BRIGGENT

© Plutón Ediciones X, s. l., 2025

Diseño de cubierta: Alejandro Díaz
Maquetación: Saul Rojas

Edita: Plutón Ediciones X, s. l.,

        E-mail: contacto@plutonediciones.com
        http://www.plutonediciones.com

Impreso en España / Printed in Spain

I.S.B.N: 979-13-87692-09-4
Depósito Legal: B-6624-2025

ESTUDIO PRELIMINAR

Herbert George Wells nació en 1866 en Bromley, un pueblo cercano a Londres, Inglaterra, en 1866. Su familia no gozaba de una buena posición económica, pero eso no impidió que su padre, que era un gran aficionado de la literatura inculcara en su hijo el hábito de leer, algo que, según el mismo Wells, ejerció una influencia decisiva en su vida, al igual que el accidente que sufrió cuando tenía tan solo ocho años y que lo mantuvo en cama durante meses. Este suceso hizo que acabara leyendo con devoción los libros de la biblioteca de su padre y se despertara en él el deseo de ser escritor.

Dado que su familia no podía permitirse enviarlo a la escuela, se vio obligado a conseguir varios trabajos, la mayoría muy duros y en los que sufrió algunos accidentes, y, gracias a ello, pudo matricularse en una escuela nocturna. Se sentía atraído por los conocimientos científicos del momento, y, gracias a la pasión que sentía por sus estudios, logró obtener una beca para cursar sus estudios superiores en el *Royal College of Science* de Londres, donde, tras varios años, conseguiría graduarse como Doctor en Biología.

Uno de sus profesores fue Thomas H. Huxley, un eminente fisiólogo y abuelo de Aldous Huxley. Sus problemas económicos seguían en esta época, ya casado, por lo que se dedicó a dar cursos en la Escuela Normal, impartir clases, tanto en una escuela media como particulares, también colaboró con diversas revistas y periódicos y, además, dedicaba tiempo a la investigación, todo esto sin abandonar nunca la escritura. Este sobreesfuerzo lo llevó a caer enfermo de tuberculosis.

Se vio obligado a dejar la docencia por su delicado estado de salud y se dedicó a tiempo completo a escribir. Su primera obra por entregas, *Los eternos argonautas*, ya había sido publicada, y el editor de la revista le pidió que escribiera una novela sensacional, pagando por adelantado para una nueva revista que iba a fundar.

En poco tiempo, Wells, retoma el tema original de la primera historia y escribe *La máquina del tiempo*, que narra un viaje al futuro. El éxito fue rotundo, y le permitió gozar de una libertad económica que jamás había tenido hasta el momento, pudiendo dedicarse a escribir sin preocupaciones.

Wells deja ver, en toda su obra, cuáles son sus convicciones sociales y la preocupación que sentía por los problemas políticos y sociales de la época. Pensaba que la educación y la cultura eran imprescindibles para lograr un cambio social. Es precisamente el gran conocimiento sobre los posibles alcances que la ciencia podía ofrecer —junto a la moral, siempre presente en sus obras—, lo que hace que se le haya nombrado el padre de la ciencia ficción.

Entre los años 1933 y 1935, fue presidente del PEN Internacional, organización fundada en 1921 que cuenta con sedes en más de 100 países y cuyo objetivo es promover la amistad y cooperación intelectual de escritores de todo el mundo.

En 1997, fue incluido en el Salón de la Fama de la Ciencia Ficción, que forma parte del museo de la cultura pop en Seattle.

Sus novelas *La guerra de los mundos* y *La máquina del tiempo*, siguen siendo consideradas, más de un siglo tras su publicación, entre las mejores novelas de ciencia ficción jamás escritas.

Fallecería el 13 de agosto de 1946, con 79 años, en Londres.

La isla del Doctor Moreau

Publicada en 1895 por primera vez, *La isla del Doctor Moreau* narra la historia de Edward Prendick cuando es rescatado tras naufragar. El barco que lo salva lo lleva a una isla sin nombre donde vive el Dr. Moreau. Allí, Prendick tendrá que aprender a convivir con criaturas extrañas, medio bestias medio humanas, y descubrirá la realidad que se oculta allí, pues el Dr. Moreau se dedica, entre otras cosas, a hacer vivisecciones.

Esta novela fue escrita en una época en la que la comunidad científica inglesa estaba sumida en el debate sobre la vivisección. En el momento de la publicación, la novela fue considera sensacionalista y morbosa y fue tachada de indecente por considerar que era posible crear monstruos así.

La obra, sin embargo, toma como cierto lo expresado por Darwin en *El origen de las especies*, publicado en 1859, sobre la evolución. No obstante, en la novela el Dr. Moreau busca forzar ese proceso, que debería ser natural, de forma artificial. Su intención es humanizar a los animales. Juega a ser Dios, quiere lograr el éxito a toda costa y no se detiene por los experimentos fallidos.

Esta novela toca temas controvertidos que han hecho de ella no solamente una obra maestra, sino una crítica y un modelo de lo que la ciencia jamás debería tratar de hacer.

INTRODUCCIÓN

El primero de febrero de 1887, el *Lady Vain* naufragó tras golpear con un pecio mientras navegaba a 1° de latitud sur y 107° de longitud oeste.

El 5 de enero de 1888, es decir, tras once meses y cuatro días, mi tío Edward Prendick, un caballero muy reservado que zarpó de Callao a bordo del *Lady Vain,* y que había sido dado por muerto, fue rescatado a 5° 3' de latitud sur y 101° de longitud oeste en un pequeño bote cuyo nombre era ilegible, pero que al parecer perteneció a la desaparecida goleta *Ipecacuanha.* La historia que dio a conocer sobre lo que había ocurrido resultó un poco fantástica, tanto que lo tomaron por alguien desquiciado. A continuación, alegó que no recordaba nada de lo ocurrido desde el momento en el que pudo escapar del *Lady Vain.* Los psicólogos de la época tuvieron acaloradas discusiones sobre su caso: una muestra curiosa de la pérdida de memoria resultante de un sobreesfuerzo físico o mental. El relato que aparece a continuación fue hallado entre sus pertenencias por el abajo firmante, su sobrino y heredero, sin ninguna nota que indicara expresamente el deseo de su publicación.

La singular isla que se conoce en la zona en que mi tío fue rescatado es la isla de Noble, un pequeño islote volcánico que se encuentra totalmente despoblado. En

1891 fue visitado por el *Scorpion*. Un grupo de marineros bajó a tierra firme pero no encontraron el menor indicio de vida alguna, a excepción de unas mariposas blancas bastante peculiares, algunos conejos y cerdos y unas ratas un poco curiosas. No obstante, no capturaron ningún ejemplar, por lo que no es posible confirmar los aspectos más esenciales del relato. Una vez aclarado esto, no hay mal alguno en contar esta curiosa historia, como supongo quería mi tío. Existe al menos algo que dice mucho en su favor: mi tío perdió el conocimiento cuando se encontraba aproximadamente a 5° de latitud sur y 105° de longitud este y reapareció en el mismo lugar del océano once meses después. De una manera u otra, tuvo que vivir durante ese intervalo de tiempo. Aparentemente, una goleta de nombre *Ipecacuanha,* al mando de un capitán Beodo, John Davies, zarpó de África en 1887 con un puma y otros animales a bordo, fue vista en varios puertos del Pacífico sur y finalmente se esfumó de estos mares (con un considerable cargamento de copra a bordo), tras partir de Banya rumbo a un destino completamente desconocido, en diciembre de 1887, fecha que concuerda completamente con la historia de mi tío.

CHARLES EDWARD PRENDICK
(La historia escrita por Edward Prendick.)

I

EN EL BOTE DEL *LADY VAIN*

No pretendo agregar nada más a lo que ya se ha escrito en referencia a la desaparición del *Lady Vain*. Como todos han de saber, la nave se estrelló contra los restos de un navío que se encontraba a la deriva unos diez días después de abandonar Callao. El bote salvavidas, en el cual había aproximadamente siete navegantes, fue encontrado ocho días más tarde por el cañonero *Minie*, y la historia de sus grandes dificultades se ha hecho tan famosa como el aún más terrible caso del *Medusa*. No obstante, me toca ahora agregar a la historia del *Lady Vain* otro relato potencialmente terrible y aún más extraño. Hasta el día de hoy se piensa que los cuatro hombres que se encontraban a bordo del bote habían muerto, pero esto no es del todo cierto. Tengo la mejor de las pruebas para hacer esta afirmación: yo mismo era uno de esos cuatro hombres.

Primeramente, debo explicar que nunca hubo cuatro hombres en el bote; en realidad éramos tres. Constans —a quien el capitán vio saltar a la lancha[1]—, por fortuna para nosotros, aunque con resultados fatales para él, ya que no consiguió alcanzarnos. Descendía entre la maraña de cabos bajo los restos del destrozado bauprés;

---

1   *Daily News*, 17 de marzo, 1887.

una cuerda se le embrolló en el tobillo al momento de saltar y quedó por un momento colgando cabeza abajo; luego cayó y se golpeó contra un motón o un palo que flotaba en el agua. Remamos en dirección hacia él, pero no volvió a salir a la superficie.

Señalo que afortunadamente para nosotros no nos alcanzó y me atrevería a decir que afortunadamente también para él, debido a que no teníamos más que un pequeño barril de agua y unas cuantas galletas empapadas, tan súbita había sido la alarma y tan poco preparado estaba el buque para cualquier eventualidad. Cualquiera pensaría que la gente de la lancha se encontraría mejor preparada (aunque al parecer no era así) e intentamos llamarlos. No debieron escucharnos, y al siguiente día, cuando dejó de lloviznar, cosa que no ocurrió hasta después del mediodía, ya no tuvimos ningún rastro de ellos. No era posible para nosotros ponernos en pie y mirar a nuestro alrededor, esto debido al constante cabeceo del bote. Las olas eran enormes y teníamos grandes dificultades para tomarlas de proa. Los otros dos hombres que habían logrado escapar conmigo eran un tal Helmar, ambos eran pasajeros como lo era yo, y un marinero cuyo nombre desconozco, un hombre de pequeña estatura, muy corpulento y tartamudo.

Nos encontrábamos navegando sin rumbo fijo, muertos de hambre y, desde que se había terminado el agua, angustiados por una sed terrible, durante ocho días y ocho noches. Una vez transcurrido el segundo día, el mar se fue calmando lentamente hasta quedar como un espejo. Ha de ser imposible para el lector imaginar cómo transcurrieron esos ocho días. Por fortuna, no existe nada en su memoria que le ayude a imaginarlo. Luego del primer día apenas hablamos entre nosotros; cada uno permanecía inmóvil en el lugar en que se encontraba, mirando al horizonte, u observando, con ojos cada vez más grandes y extraviados, cómo el desánimo y la debilidad se apoderaban de nuestros compañeros. El sol era implacable. El agua se terminó en el cuarto día de nuestro infortunio y comenzamos a pensar cosas extrañas y a decirlas con la mirada, hasta que el sexto día —creo— Helmar tomo la decisión de expresar a viva voz lo que a todos nos pasaba por la cabeza. Recuerdo nuestras voces, débiles y roncas: nos acercábamos mucho unos a otros y ahorrábamos palabras. Yo no estuve de acuerdo y refuté con todas mis fuerzas; prefería abrir agujeros por todo el bote y que todos pereciéramos entre los tiburones que nos seguían, pero cuando Helmar dijo que si aceptábamos su propuesta podríamos beber, el marinero se acercó y se puso junto a él.

Pero no era mi intención echarlo a suertes y, por la noche, el marinero no paraba de hablar con Helmar en susurros, al mismo tiempo yo permanecía sentado en la proa, con mi navaja en la mano, aunque dudo de que hubiera tenido valor para entablar una lucha. Por la mañana acepté la propuesta de Helmar y lanzamos al aire una moneda de medio penique para decidir nuestra suerte. El infortunio cayó sobre el marinero, pero era el más fuerte de los tres y no estaba dispuesto a acatarlo, de modo que se abalanzó sobre Helmar. Se desató una lucha cuerpo a cuerpo hasta casi ponerse en pie. Yo me arrastré por el piso del bote e intenté ayudar a Helmar agarrando al marinero por la pierna, pero con el balanceo del barco el marinero tropezó y los dos cayeron por la borda. Se hundieron como piedras. Recuerdo que comencé a reírme y me pregunté a mí mismo por qué me reía. La risa se apoderó de mí sin que pudiera hacer nada para evitarlo.

Me precipité sobre una de las bancadas durante no sé cuánto tiempo, pensando en que, si contara con el valor suficiente, bebería agua del mar hasta perder la razón, y así tendría una muerte más rápida. Y mientras estaba allí tumbado avisté, con tan poco interés como si estuviera observando una fotografía, la vela de un barco que avanzaba hacia mí desde la línea del horizonte. A buen seguro había estado divagando durante mucho tiempo, y sin embargo recuerdo vívidamente todo lo que aconteció. Recuerdo que mi cabeza se balanceaba con el mar, y que el horizonte, con el barco que lo surcaba, oscilaba arriba y abajo. Pero también recuerdo con idéntica claridad que tuve la impresión de estar muerto, y pensé en la ironía de que por muy poco no hubiesen llegado a tiempo de encontrarme con vida.

Durante un tiempo que me pareció interminable permanecí tumbado con la cabeza apoyada en la bancada, contemplando la goleta que bailaba sobre las olas. Era una pequeña embarcación, con aparejos en proa y en popa, que aparecía y desaparecía en el mar. Se balanceaba en creciente compás, pues navegaba a merced del viento. En ningún momento se me ocurrió llamar su atención y, desde que vi su costado hasta que desperté en un camarote, no recuerdo nada con claridad. Conservo la vaga noción de ser levantado y llevado hasta la pasarela, y de un gran semblante cubierto de pecas y enmarcado por una mata de pelo rojo que me observaba desde la batayola. También tuve la impresión de entrever una cara oscura y unos ojos extraordinarios muy cerca de la mía, pero pensé que se trataba de una pesadilla hasta que volví a encontrarla. Creo recordar, o solo sería mí imaginación, que vertían algún tipo de líquido en mi boca. Pero aparte de eso no recuerdo más nada.

II

EL HOMBRE QUE
NO IBA A NINGUNA PARTE

Desperté en un camarote bastante pequeño y algo desordenado. Un hombre relativamente joven y rubio, tenía el labio inferior algo caído y sobre este un bigote un poco erizado de color pajizo, se encontraba sentado junto a mí, al mismo tiempo que sostenía mi muñeca. Nuestras miradas se cruzaron por espacio de un minuto sin decir una palabra. Tenía ojos grises y acuosos, inexplicablemente desprovistos de expresión. Entonces se escuchó un ruido arriba, como si arrastrasen una cama de hierro, y el gruñido furioso y apagado de un gran animal. En ese momento el hombre habló de nuevo.

Repitió su pregunta:

—¿Cómo se encuentra ahora?

Me parece recordar decir que me sentía bien. No lograba recordar cómo había llegado hasta allí. Debió de interpretar la pregunta en mi rostro, pues mi voz era inaccesible para mí.

—Lo encontramos en un bote —dijo el hombre— medio muerto de hambre. El bote se llamaba *Lady Vain,* y había manchas de sangre en la borda.

En ese momento vi mi mano, tan delgada que parecía una bolsa de piel sucia y llena de huesos, y entonces recordé todo lo ocurrido en el bote.

—¡Tome un poco de esto! —dijo el hombre y me dio una sustancia helada de color carmesí.

Tenía un sabor parecido a sangre, pero me devolvió las fuerzas.

—Tiene usted mucha suerte —dijo el hombre— de haber sido rescatado por un barco en el cual se encontraba un médico a bordo.

Habló con una expresión que babeaba, con el fantasma de un balbuceo.

—¿Qué barco es este? —pregunté despacio, con la voz ronca luego de tan largo silencio.

—Es un pequeño mercante que viene de Arica y Callao. Nunca pregunté cuál fue su puerto de origen —dijo el hombre—. El país de los tontos, supongo. Yo vengo de Arica. El estúpido a quien pertenece, que también se hace llamar capitán, un tal Davis, ha perdido su certificado o algo por el estilo. Ya sabe cómo es esa gente; este cascaron lleva por nombre *Ipecacuanha,* ¡nombre endiablado! Pero, cuando la mar está en calma y sin una pizca de viento, se comporta bien.

Los ruidos en la parte de arriba comenzaron a sentirse nuevamente; un gruñido y una voz humana. Luego se escuchó otra voz que desistía, diciendo:

—¡Por el amor a Dios, deja eso, maldito idiota!

—Se encontraba usted medio muerto —continuó mi interlocutor—. Lo cierto es que le faltaba muy poco. Pero le di un brebaje. ¿Siente algún dolor en los brazos? ¡Inyecciones! Ha estado inconsciente durante casi treinta horas.

Quedé pensativo por un momento. Entonces me distrajo el ladrido de unos perros.

—¿Estoy apto para comer alimentos sólidos? —pregunté.

—¡Gracias a mí! —respondió él—, el cordero se está cociendo.

—¡Sí! —dije con convicción—, no me vendría mal un poco de cordero.

—¡Pero! —dijo con momentánea vacilación—, yo me muero por saber qué hacía usted solo en ese bote. ¡Malditos aullidos!

Tuve la impresión de detectar cierto recelo en sus ojos.

Salió bruscamente del camarote, y lo escuché discutir acaloradamente con alguien que respondía en una especie de lengua extraña. Daba la impresión de que aquello iba a terminar en una pelea, pero creo que mis oídos se equivocaban en esto. Después de gritarle a los perros regresó al camarote.

—Bien —dijo desde el pasillo—. Estaba usted por empezar a contarme algo.

Le dije que me llamaba Edward Prendick y que había

decidido dedicarme a las ciencias naturales para huir del aburrimiento de una holgada independencia.

Aquellas palabras parecieron llamar su atención.

—Al igual que usted, yo también me he dedicado a las ciencias —agregó el hombre—. Estudié biología en la universidad, extirpaba el ovario de la lombriz y la rádula de la serpiente, y cosas así. ¡Dios mío! Han pasado casi diez años desde que hacía todo eso. Pero continúe, continúe… Ahora, por favor, hábleme usted del bote.

Se expresaba claramente complacido por la franqueza de mi relato, que conté en frases concisas pues me sentía terriblemente débil, y cuando hube terminado retomó el tema de las ciencias naturales y sus estudios de biología. Luego empezó a preguntarme por Tottenham Court Road y Gower Street.

—¿Todavía existe Caplatzi? —dijo—, ¡qué magnífico establecimiento!

Evidentemente, él había sido un estudiante de medicina de lo más normal, y sin darse cuenta se desvió del tema, hablando de las salas de música. Incluso llegó a contarme algunas anécdotas.

—¡Hace diez años que dejé todo eso atrás! —exclamó—. ¡Esos sí que eran tiempos más alegres! Pero cometí una enorme tontería. Me fui y dejé todo atrás antes de cumplir los veintiuno. Ahora todo es diferente... En fin, voy a ver qué está haciendo el inútil del cocinero con su cordero.

En la parte de arriba los gruñidos y alboroto se reanudaron tan de repente y con tal furia que me sobresaltaron.

—¿Qué es eso? —pregunté, pero fue en vano, pues la puerta ya se había cerrado.

Pasado un buen tiempo regresó al camarote con el cordero guisado, y su apetitoso aroma me hizo olvidar de inmediato los rugidos de la fiera que me habían preocupado anteriormente.

Transcurrido todo un día en el cual no hice ninguna otra cosa más que dormir y comer, me sentí con fuerzas para salir de la litera e ir hasta el portillo a contemplar el verde mar que se esforzaba por seguir nuestro ritmo. En un momento tuve la impresión de que la goleta corría más que el viento. Montgomery —así se llamaba el joven rubio— volvió a entrar al camarote, y le pregunté si podía darme algo de ropa. Me prestó algunas cosas suyas pues las que yo llevaba, dijo, las habían tirado por la borda. Su ropa me quedaba bastante grande, ya que él era mucho más alto y de piernas largas. De manera casual me comentó que el capitán se encontraba más que medio borracho en su camarote. Mientras aceptaba las prendas que me había traído empecé a hacerle algunas preguntas sobre el destino del barco. Me comentó que se dirigía a Hawái, pero que antes tenían que dejarle en tierra a él.

—¿Dónde? —pregunté.

—En una isla, donde vivo. Hasta donde tengo entendido, no tiene todavía un nombre.

Su mirada se posó en mí, destacaba su labio inferior caído, y de pronto me dio la impresión de que se hacía el bobo deliberadamente, entonces comprendí que intentaba eludir mis preguntas. Tuve cuidado de no hacer ninguna otra.

III

El rostro extraño

En el pasillo nos encontramos a un hombre que obs-truía el paso y no nos permitía salir del camarote. Se encontraba de pie en la escala, de espaldas a nosotros, mirando por encima de los cuarteles de la escotilla. Pude ver que se trataba de un hombre de aspecto deforme, de poca estatura, ancho, torpe y encorvado: con la cabeza hundida entre los hombros y su corto cuello provisto de muchos pelos. Llevaba ropa de sarga azul marino y tenía una espesa mata de áspero pelo negro. Desde un punto en el cual no se podían ver o incluso saber su ubicación exacta, los perros soltaron un feroz gruñido, el hombre retrocedió de manera inmediata, al mismo tiempo que rozaba la mano que yo había estirado para apartarlo de mí. Se giró con la rapidez de un animal.

De manera innegable la visión de aquel rostro negro me impresionó profundamente de una manera que no puedo explicar. Era un rostro singularmente deforme. La parte inferior sobresalía y recordaba vagamente a un hocico, al mismo tiempo la enorme boca entreabierta mostraba los dientes más grandes que jamás había visto en un ser humano. Sus ojos estaban inyectados en sangre, sin apenas blanco alrededor de las pupilas avellana-das. Un curioso destello de excitación le iluminaba el rostro.

—¡Maldito seas! —exclamó Montgomery—. ¿Por qué diablos no te quitas de en medio?

Sin decir una sola palabra aquel hombre del rostro negro se apartó. Continué subiendo por la escala de toldilla, instintivamente sin quitarle la mirada de encima. Montgomery se detuvo un momento al pie de la escala.

—Sabes que no tienes nada que hacer aquí —dijo pausadamente—. Tu sitio está en proa.

El hombre del rostro negro se acobardó.

—No… me querrán allí —dijo muy despacio, con voz ronca y extraña.

—¡No te querrán! —exclamó Montgomery en tono amenazador—. Pero yo te digo que vayas —estaba a punto de añadir algo, pero de pronto me miró y me siguió escala arriba.

Me había detenido a medio camino, observando todavía atónito la grotesca fealdad de aquella criatura de rostro negro. Jamás había visto una cara tan repulsiva y poco común, y al mismo tiempo, valga la contradicción, tuve la impresión de haberme topado ya con esos rasgos y gestos que tanto me asombraban. Más tarde se me ocurrió que quizá lo hubiese visto cuando me subieron a bordo, si bien la idea apenas atenuó la sospecha de un encuentro previo. Pero la posibilidad de haber visto un rostro tan singular y haber olvidado el momento preciso era algo que escapaba a mi imaginación.

El movimiento que hizo Montgomery para seguirme me apartó de mis pensamientos y me volví para mirar a mi alrededor, hacia la cubierta corrida de la pequeña goleta. Los ruidos que había oído casi me habían preparado para lo que entonces vi. A decir verdad, en la vida había visto una cubierta tan sucia. Estaba alfombrada por peladuras de zanahoria y restos de verdura, la cantidad de mugre era indescriptible. Atados con cadenas al palo mayor había varios perros de caza, de aspecto espeluznante, que al verme comenzaron a saltar y a ladrar, y junto al palo de mesana se encontraba un enorme puma encerrado en una jaula de hierro tan pequeña que el animal apenas tenía espacio para darse la vuelta. Un poco más allá, bajo la batayola de estribor, vi unas jaulas muy grandes llenas de conejos y, delante de ellas, una especie de cajón muy pequeño donde se apretujaba una llama solitaria. Los perros llevaban bozales de cuero. Un marinero demacrado y silencioso que manejaba el timón era el único ser humano en toda la cubierta.

Las sucias y parcheadas maricangallas se habían tensado antes de que comenzara a soplar el viento, y arriba, en la arboladura, la pequeña embarcación parecía llevar todas sus velas desplegadas. El cielo estaba despejado y el sol se hallaba en la mitad de su declive hacia poniente; largas olas que la brisa coronaba de espuma se deslizaban a nuestro ritmo. Pasamos junto al timonel, nos dirigimos al coronamiento de popa y contemplamos la espuma que formaba el agua y las burbujas que bailaban y se desvanecían en su estela. Me volví para comprobar la eslora del barco.

—¿Qué es esto, una colección flotante de fieras salvajes? —pregunté.

—Eso parece —respondió Montgomery.

—¿Por qué llevan esos animales? ¿Mercancía, o curiosidad? ¿O es que el capitán piensa venderlos en los mares del Sur?

—Eso parece, ¿verdad? —repitió Montgomery, volviéndose de nuevo hacia la estela.

De pronto escuchamos un grito y una sarta de blasfemias procedentes de la toldilla y vimos al hombre deforme de rostro negro trepar precipitadamente por la escala. Un hombre de abundante pelo rojo, tocado con una gorra blanca, le pisaba los talones. Al ver al primero, los perros, que ya se habían cansado de ladrarme, se pusieron muy nerviosos, y empezaron a aullar y a tirar de sus cadenas. El hombre de rostro negro vaciló un instante, momento que el pelirrojo aprovechó para alcanzarlo y asestarle un terrible puñetazo en la espalda justo entre los omóplatos. El pobre diablo cayó como un buey abatido, rodando sobre la suciedad entre los enfurecidos perros. Tuvo suerte de que llevaran bozales. El pelirrojo lanzó un grito de júbilo y se balanceó, con grave riesgo de caer hacia atrás por la escala de toldilla o hacia adelante sobre su víctima.

Cuando apareció el segundo hombre, Montgomery reaccionó violentamente:

—¡Alto ahí! —gritó Montgomery, con un tono de protesta. Dos marineros aparecieron juntos en el castillo de proa.

Aullando de un modo extraño, el hombre del rostro pardo rodó bajo las patas de los perros sin que nadie intentara ayudarle. Las bestias hicieron cuanto podían por atacarlo, embistiéndolo con los hocicos. Sus ágiles cuerpos grises interpretaron una rápida danza sobre la torpe figura postrada. Los marineros los animaban, como si de un juego se tratase. Montgomery profirió una airada exclamación y se alejó por la cubierta a grandes zancadas. Yo fui tras él.

Un segundo después, el hombre del rostro pardo se incorporó y se alejó gateando, pero tropezó con los obenques de mayor y fue a parar contra la batayola, donde quedó jadeando y mirando a los perros por encima del hombro. El pelirrojo dio una risotada con satisfacción.

—¡Mire, capitán! —dijo Montgomery, con su seseo un poco más notorio, agarrando los codos del pelirrojo—. ¡Esto no puede ser!

Yo estaba de pie detrás de Montgomery. El capitán dio media vuelta y lo miró con sus apagados y solemnes ojos de borracho.

—¿Qué no puede ser? —preguntó, y tras mirar medio adormecido a Montgomery por un minuto, añadió—: ¡Malditos matasanos!

Sacudió bruscamente los brazos para liberarse y, tras dos infructuosos intentos, hundió en los bolsillos los puños cubiertos de pecas.

—Ese hombre es un pasajero —dijo Montgomery—. Le aconsejo que no le ponga las manos encima.

—¡Váyase al demonio! —exclamó el capitán, volviéndose bruscamente y tambaleándose en dirección a la banda—. Este es mi barco, y hago lo que me apetezca.

Creo que Montgomery debería haberlo dejado en paz, al ver que el grandulón estaba ebrio. Sin embargo, se limitó a palidecer un poco más y siguió al capitán hasta la batayola.

—¡Escuche, capitán! —dijo—. No permitiré que maltraten a ninguno de mis hombres. Desde que este subió a bordo no han hecho más que agobiarlo

Los vapores etílicos dejaron al capitán sin habla durante un minuto.

—¡Malditos matasanos! —fue cuanto consideró necesario añadir.

Comprendí que Montgomery tenía un temperamento lento y obstinado, de los que se calientan día a día hasta ponerse al rojo vivo y nunca llegan a enfriarse lo suficiente para perdonar, y comprendí también que la disputa venía ya de hace tiempo atrás.

—Está borracho —dije, quizá entrometiéndome—, no servirá de nada.

Montgomery frunció su flácido labio inferior:

—Siempre está borracho. ¿Cree usted que eso le da derecho a atacar a sus pasajeros?

—Mi barco —comenzó el capitán, señalando a las jaulas con mano temblorosa— era un barco limpio. ¡Y mire cómo está ahora!

Desde luego, en aquel momento era cualquier cosa menos un barco limpio.

—Y la tripulación —continuó el capitán— limpia y respetable.

—Usted accedió a llevar los animales.

—¡Ojalá nunca hubiera visto su isla infernal! ¿Para qué diablos quiere animales en una isla como esa? Y ese amigo suyo, suponiendo que sea un hombre, está como una cabra. ¿Qué se le había perdido en la popa? ¿O cree usted que todo este maldito barco le pertenece?

—Desde que este pobre diablo se subió a bordo, sus marineros no han dejado de acosarlo.

—Eso es exactamente lo que es: un diablo, un diablo feo. Mis hombres no lo soportan. Yo no lo soporto. Nadie lo soporta. Ni siquiera usted.

Montgomery se dio la vuelta.

—De todos modos, deje en paz a ese hombre —dijo Montgomery, con un movimiento de cabeza mientras hablaba.

Pero el capitán tenía ganas de pelea y, alzando la voz, añadió:

—Si vuelve a aparecer por aquí, lo haré pedazos. Se lo advierto. ¿Quién es usted para decirme lo que he de hacer? Ya le he dicho que soy el capitán de este barco: capitán y propietario. Aquí mando yo, aquí yo soy la ley. Acordé llevar a un hombre y a su ayudante hasta Arica y a llevarlo de regreso con algunos animales. No a llevar a un diablo loco y a un estúpido matasanos, un...

El insulto que le espetó a Montgomery carece de importancia. Vi cómo este último daba un paso hacia adelante.

—Está borracho —dije. El capitán volvió a insultarlo en términos aún más groseros.

—¡Cállese! —dije, volviéndome hacia él bruscamente, pues la expresión de Montgomery me indicó que el asunto se ponía peligroso. Mi intervención hizo que el chaparrón cayera sobre mí.

No obstante, me dio cierta satisfacción poner fin a aquella discusión que estaba a punto de convertirse en pelea, aun a riesgo de ganarme la enemistad del capitán borracho. No creo haber escuchado jamás tal sarta de groserías en boca de un hombre, y eso que he frecuentado la amistad de personajes bastante excéntricos. Había en todo ello algo que se me hacía intolerable, aunque soy hombre de buen carácter. Pero, a decir verdad, en el momento de ordenar al capitán que se callase, olvidé que no era más que un insignificante ser humano, privado de recursos y sin haber pagado por mi pasaje, un mero accidente a merced de la generosidad (o el interés especulativo) del barco. El capitán no dudó en recordármelo encarecidamente. Sin embargo, había evitado una pelea.

IV

EN LA BARANDILLA DE LA GOLETA

Ese día se divisó tierra después del atardecer, y el navío se puso en marcha en su rumbo. Montgomery nos hizo saber que había llegado a su destino. Nos encontrábamos demasiado lejos para apreciar cualquier detalle, en ese momento me pareció una tenue mancha azul en el incierto gris azulado del mar. Una columna de humo casi vertical remontaba por el cielo. El capitán no se encontraba en la cubierta en ese momento. Ya habiendo descargado su ira sobre mí, había bajado tambaleándose, y pude entender que se iba a dormir en el suelo de su camarote privado. El ayudante asumió, prácticamente, el mando. Era el hombre demacrado y taciturno que habíamos visto al timón. También él parecía enojado con Montgomery. El ayudante al mando no nos prestó el más mínimo de atención. Cenamos con él en medio de un malhumorado silencio, después de varios infructuosos intentos de conversación por mi parte. Me llamó la atención darme cuenta de que los hombres sintieran tan poca simpatía por mi compañero y sus animales. Montgomery se mostraba muy reservado sobre sus intenciones con aquellas criaturas y respecto a su propio destino, y aunque una creciente curiosidad se apoderaba de mí, decidí no presionarlo.

Nos quedamos conversando en la toldilla hasta que el cielo se pobló de estrellas. Con la excepción de algún ruido ocasional procedente del castillo de proa y algún movimiento de los animales de vez en cuando, la noche estaba en calma. El puma, aovillado en un rincón de la jaula, nos miraba con ojos brillantes. Los perros parecían dormidos. Montgomery sacó unos cigarros. Con cierto tono de nostalgia me habló de Londres, haciendo todo tipo de preguntas sobre los cambios que habían tenido lugar en la ciudad. Hablaba como alguien que hubiese amado esa vida y hubiese sido brusca e irrevocablemente apartado de ella. No dudé en contarle todo tipo de chismes sobre esto o aquello. No dejaba de pensar en lo extraño que era y, mientras hablaba, trataba de descifrar su pálido semblante en la penumbra de la lantía de bitácora situada a mis espaldas. Luego miré hacia el mar oscuro, entre cuyas sombras se ocultaba su pequeña isla.

Me daba la impresión de que aquel hombre había salido de la inmensidad únicamente para salvarme la vida. Al día siguiente saltaría por la borda y desaparecería de mi existencia. Incluso en circunstancias ordinarias me habría dado qué pensar. Pero me desconcertaba que un hombre educado viviera en una isla desconocida y portara tan extraordinario equipaje. Me encontré repitiendo la pregunta del capitán. ¿Para qué querría a los animales? ¿Por qué, además, había fingido que no eran suyos cuando le hablé de ellos por vez primera? Y luego estaba su ayudante, ese ser tan raro que tanto me había impresionado. Todas estas circunstancias lo rodeaban de un halo de misterio. Todo esto ocupaba por completo mi imaginación, entorpeciendo mi lengua.

A eso de medianoche nuestra conversación sobre Londres languideció, y permanecimos el uno junto al otro acodados en la batayola, contemplando como en sueños el silencioso mar iluminado por las estrellas, sumidos cada uno en sus propios pensamientos. Era el ambiente propicio para el sentimentalismo, y decidí expresarle mi gratitud.

—Si me permite que se lo diga —dije al cabo de un rato—, usted me ha salvado la vida.

—Casualidad —respondió—, pura casualidad.

—Prefiero dar las gracias a quien tengo a mano.

—No se las dé a nadie. Usted tenía la necesidad y yo el conocimiento; le puse una inyección y lo alimenté como a cualquiera de los especímenes que recojo. Me encontraba aburrido y con ganas de hacer algo. Si ese día hubiera estado cansado o no me hubiera gustado su cara, bueno... quién sabe dónde estaría usted ahora.

Esto me desanimó un poco.

—De todos modos... —empecé a decir.

—¡Pura casualidad! Ya se lo he dicho —interrumpió—, como todo en esta vida. Solo los tontos no se dan cuenta. ¿Por qué estoy aquí en este momento, marginado de la civilización, en lugar de vivir como un hombre feliz y disfrutando de todos los placeres de Londres? Sencillamente, porque hace once años perdí la cabeza durante diez minutos, una noche de niebla.

Se detuvo.

—¿Sí? —pregunté.

—Eso es todo.

Nos quedamos callados. Luego, él se rio:

—Hay algo en esta luz estrellada que suelta la lengua. Soy un estúpido y, sin embargo, por alguna razón me gustaría decirle...

—Diga lo que diga —dije yo—, puede tener la seguridad de que no saldrá de mí... Si es a eso a lo que se refiere.

Estaba a punto de decir algo cuando sacudió la cabeza dubitativamente.

—Déjelo —dije—. Me da igual. A fin de cuentas, es mejor que cada cual guarde su secreto. Aunque yo estuviese a la altura de su confianza, la única ganancia sería un poco de alivio. ¿Y en caso contrario?

Tartamudeó algo con indecisión. Sentí que se encontraba en desventaja, que lo había sorprendido en un momento de indiscreción y, a decir verdad, tampoco me intrigaba saber qué había alejado de Londres a un joven estudiante de medicina. Podía hacerme una idea de lo que había pasado. Me encogí de hombros y me alejé. Una silueta oscura y silenciosa se inclinaba sobre el coronamiento de popa, contemplando las estrellas. Era el extraño ayudante de Montgomery. Lanzó una mirada rápida por encima del hombro al advertir mi movimiento y luego volvió a observar el cielo.

Es probable que parezca insignificante, pero para mí fue como un golpe inesperado. La luz más cercana a nosotros era el farol del timón. El rostro de la criatura surgió por un instante de la penumbra de popa, quedando iluminado por el farol, y vi en los ojos que me miraban un pálido brillo verdoso. Yo no sabía por aquel entonces que algunas personas tienen en los ojos un resplandor rojizo. En ese momento me pareció decididamente inhumano. Esa silueta negra de ojos incandescentes echó por tierra mis pensamientos y sentimientos adultos y, por un instante, los olvidados terrores de la infancia poblaron nuevamente mi memoria. La sensación se fue tal como había venido. La tosca y negra silueta de un hombre, una silueta sin particular importancia, se apoyaba en el coronamiento de popa, recortada sobre la luz de las estrellas. Y entonces escuché que Montgomery me hablaba.

—Creo que voy a entrar y me iré a dormir —me dijo—, si a usted le parece bien.

Le respondí con palabras que carecían de sentido. Bajamos y me dio las buenas noches ante la puerta de mi camarote.

Esa noche tuve sueños bastante desagradables. La luna menguante tardó en salir. Un débil rayo de luz blanca y fantasmagórica entraba en mi camarote, formando una siniestra forma en el entarimado, junto a mi litera. Más tarde los perros se despertaron y comenzaron los aullidos y los ladridos, de modo que, entre pesadilla y pesadilla, apenas pude dormir hasta el amanecer.

V

EL HOMBRE QUE NO TENÍA ADÓNDE IR

La segunda mañana tras mi recuperación y, si mal no recuerdo, la cuarta desde que fui rescatado, muy temprano por la mañana, desperté en una confusión de sueños turbulentos —pesadillas de armas y multitudes enfurecidas—. Me exaltó de sobremanera el alboroto y gritos de provenían desde la parte de arriba. Me froté los ojos y presté atención, sin saber por un momento dónde me encontraba. Seguido de esto, se podían escuchar pisadas de pies descalzos, luego un ruido de objetos pesados que caían, un violento chirrido y un chasquido de cadenas. Pude notar el siseo del agua al virar súbitamente el barco; una espumosa ola de color amarillo verdoso rompió contra el pequeño ojo de buey. Me vestí lo más rápido que pude y me dispuse a subir a cubierta.

Al subir por la escala pude ver la amplia espalda y el pelo rojo del capitán perfilándose contra el cielo rosado —estaba saliendo el sol— y la jaula del puma girando sobre el eje de un aparejo de fuerza instalado en la botavara de mesana.

El pobre animal parecía muy asustado y se agazapaba en un rincón de la jaula.

—¡Tírenlo por la borda! —gritaba el capitán—. ¡Tírenlo por la borda! Pronto el barco estará limpio.

El capitán se encontraba bloqueando la puerta, por lo que me vi obligado a tocarle en el hombro para acceder a la cubierta. Se dio la vuelta algo sobresaltado y retrocedió un poco para mirarme. No hacía falta ser un experto para comprender que el hombre todavía estaba borracho.

—¡Hola! —dijo en tono estúpido. Luego se le iluminaron los ojos y añadió—: Vaya, si es el señor... el señor...

—Prendick —dije yo.

—¡Nada de Prendick! —interrumpió—. Cállese, ese es su nombre. El Señor Cállese.

De nada iba servir contestarle a aquel bruto. Pero lo cierto es que yo no esperaba el movimiento que hizo a continuación. Extendió una mano hacia la pasarela, donde Montgomery conversaba con un hombre de abundante pelo blanco, vestido con unos sucios pantalones de franela azul, que al parecer acababa de subir a bordo.

—Por ahí, maldito Señor Cállese. Por ahí —rugió el capitán.

Montgomery y su acompañante se voltearon al escucharlo.

—¿Qué quiere decir? —pregunté.

—Siga caminando de frente, maldito Señor Cállese. Es lo que quiero decir. Lárguese de mi barco, Señor Cállese. Estamos limpiando el barco. Estamos limpiando todo el maldito barco. Y a usted le tiraremos por la borda.

Lo miré perplejo. Luego pensé que era exactamente lo que deseaba. La perspectiva de hacer la travesía como único pasajero de aquel borracho pendenciero no era como para alegrarse. Mi mirada se posó en Montgomery.

—¡No te puedes quedar aquí! —dijo secamente el acompañante de Montgomery.

—¡¿Que no puedo quedarme?! —exclamé horrorizado.

Tenía la expresión más rotunda y decidida que había visto en la vida.

—Por favor, escúcheme —comencé, dirigiendo mis palabras hacia el capitán.

—¡Lárgate! —dijo este—. Este barco no es para bestias y caníbales, peor que bestias. Usted se larga de aquí, Señor Cállese. Le tiraremos por la borda. Si no puede quedarse con ellos, vaya a la deriva. ¡Como quiera, pero váyase! Con sus amigos. Ya he tenido suficiente con esta maldita isla para siempre. ¡Amén! ¡Ya he tenido suficiente!

—¡Pero, Montgomery! —supliqué.

Él frunció el labio inferior y negó con la cabeza, mirando sin esperanza al hombre del pelo gris, como diciendo que no podía hacer nada por ayudarme.

—Luego me ocuparé de usted —dijo el capitán.

Entonces comenzó un curioso altercado que involucraba tres partidos. Yo suplicaba a los tres hombres alternativamente; primero al hombre del pelo gris para que me dejase permanecer en la isla, y luego al capitán borracho para que me permitiese seguir a bordo. Incluso les rogué a los marineros. Montgomery no dijo una palabra, se limitó a negar con la cabeza.

—¡Usted se larga! ¡Lo vamos a tirar por la borda! Ya se lo he dicho —insistía el capitán—. ¡Al diablo con la ley! ¡Aquí soy el rey!

Debo confesar que, finalmente, en medio de una enérgica amenaza, se me quebró la voz. Preso de un histérico arrebato de orgullo, me marché a popa y allí me quedé, con la mirada perdida en el infinito.

Mientras tanto, los marineros desembarcaban los paquetes y las jaulas. Una gran embarcación con dos velas al tercio aguardaba a sotavento de la goleta, y en ella se cargaba el extraño surtido de mercancías. En ese momento no vi las manos que recogían los paquetes, pues el casco del barco quedaba oculto tras el costado de la goleta. Ni Montgomery ni su acompañante me prestaron la menor atención, ocupados como estaban en ayudar y dirigir a los cuatro o cinco marineros que descargaban las mercancías. Me sentía desesperado. En un par de ocasiones, mientras esperaba que las cosas se resolviesen por sí solas, no pude resistir la tentación de reírme de mi triste situación. Lo que más me molestaba y aumentaba mi desdicha era no poder desayunar. El hambre y la falta de glóbulos rojos le quitan la entereza a cualquiera. Era consciente de que carecía de fuerza tanto para oponerme a los designios del capitán que había decidido tirarme por la borda como para imponerme sobre Montgomery y su compañero, de modo que opté por esperar pacientemente, mientras seguían trasladando las pertenencias de Montgomery a la lancha como si yo no existiera.

Apenas concluyeron el trabajo comenzó el forcejeo, me arrastraron hacia la pasarela sin que apenas ofreciera resistencia, si bien pude fijarme en los extraños y oscuros rostros de los dos hombres que estaban con Montgomery en la lancha. Pero la lancha estaba ya completamente cargada y se alejaba rápidamente. Divisé debajo de mí un espacio de agua verde que se ensanchaba cada vez más y tiré hacia atrás con todas mis fuerzas, para no caer de cabeza. Los hombres de la lancha lanzaban exclamaciones de burla, y escuché que Montgomery los insultaba. Luego, el capitán, el piloto y uno de los marineros que lo ayudaban me empujaron hacia popa.

Habían remolcado el bote del *Lady Vain*, que estaba medio lleno de agua, sin remos ni provisiones. Me negué a subir a bordo y me tumbé en cubierta. Finalmente, me bajaron por una cuerda, pues no tenían escala de popa; luego cortaron la cuerda y me dejaron a la deriva. Me alejaba lentamente de la goleta. Vi con estupor que todas las manos se ocupaban del aparejo y, despacio pero con seguridad, la goleta viró en la dirección del viento, que hinchaba y ondeaba las velas. Me quedé mirando el maltrecho costado de la goleta, que se escoraba abruptamente hacia mí. Finalmente, apenas si podía ver la goleta, me había alejado.

No volteé para mirarla. Al principio apenas daba crédito a lo ocurrido. Permanecí encogido en el suelo del bote, atontado y con la mirada perdida en el mar tranquilo como una balsa de aceite. Fue en ese momento cuando caí en cuenta que había regresado a mi pequeño infierno, esta vez medio empapado. Miré hacia atrás, por la borda, y vi alejarse a la goleta y al capitán pelirrojo burlándose de mí desde el coronamiento de popa; luego, volviéndome hacia la isla, vi la lancha, cada vez más pequeña, acercándose a la playa.

De pronto entendí claramente la crueldad de mi abandono. No había forma en la que pudiera llegar a tierra, a menos que tuviera la suerte de ser arrastrado por la corriente. Sin mencionar que seguía estando muy débil tras mi aventura en el bote; tenía el estómago vacío y me sentía mareado, de lo contrario habría mostrado más valor. Comencé a llorar como no lo hacía desde que era niño. Las lágrimas me resbalaban por las mejillas. En un arrebato de desesperación, golpeé con los puños el agua que había en el suelo, y la emprendí a patadas con las paredes del bote. Le rogué a Dios en voz alta que me dejara morir.

VI

LOS SINIESTROS HOMBRES DEL BOTE

La gente de la isla, al percatarse de que me encontraba a la deriva, tuvo compasión de mí. Me desplazaba muy lentamente hacia el este, acercándome a la isla en diagonal, y para mi fortuna me di cuenta de cómo la lancha viraba en dirección a mí con la clara intención de ayudarme, me llené de un alivio casi histérico. Esta iba llena de cargamento y, cuando estuvo más cerca, distinguí al acompañante de Montgomery, el hombre de pelo blanco y anchas espaldas, sentado entre los perros y las cajas en las escotas de popa. Me miraba fijamente sin hablar ni moverse. El hombre de la cara negra me observaba con igual intensidad desde la proa, donde se encontraba el puma. Con ellos había otros tres hombres, extraños y de aspecto algo bruto, a quienes los perros gruñían ferozmente. Montgomery, que llevaba el timón, acercó la lancha hasta el bote, y agarró y aseguró mi amarra a la caña del timón para remolcarme, pues no había espacio a bordo.

Para ese momento ya había superado mi ataque de histeria y respondí a su saludo mientras se acercaba valientemente. Le dije que el bote estaba casi inundado y me pasó un cubo. Al tensarse la cuerda entre las dos embarcaciones di una sacudida hacia atrás. Durante un buen tiempo estuve muy ocupado sacando el agua.

Cuando hube terminado de sacar toda el agua —que habían cargado intencionadamente en el bote, pues este se hallaba en perfecto estado— pude al fin mirar a la gente de la lancha.

El hombre del pelo blanco seguía observándome con insistencia, pero con una expresión, como ahora imaginaba, de cierta perplejidad. Cuando mi mirada se encontró con la suya, bajó la vista, concentrándose en el perro que tenía sentado sobre las rodillas. Era un hombre muy fornido, como ya he dicho, de frente estrecha y rasgos muy marcados; sus ojos mostraban esa extraña flaccidez sobre los párpados que a veces sobreviene con los años, y las comisuras de los gruesos labios, caídas hacia abajo, le conferían una expresión de agresiva determinación. Se dirigió a Montgomery en tono demasiado bajo para que pudiera escuchar lo que decían.

Desplacé la mirada hacia sus tres hombres. ¡Vaya que formaban una tripulación bastante peculiar! Solo pude detallar sus caras, pero había algo en ellas —no puedo decir qué exactamente— que me produjo un curioso escalofrío. Los miré fijamente, sin que esta impresión me abandonara y sin llegar a entender qué la producía. En ese momento me parecieron mulatos, pero llevaban las piernas y los brazos vendados hasta los dedos con una tela fina y sucia de color blanco. Nunca había visto hombres tan cubiertos, y mujeres solo en Oriente. También llevaban turbantes, bajo los cuales asomaban sus rostros menudos, con la mandíbula inferior prominente y los ojos brillantes. Tenían el pelo negro y lacio, casi como el de un caballo, y viéndolos sentados me pareció que superaban en estatura a cualquier raza de hombres conocida. Cualquiera de ellos le sacaba una cabeza al hombre del pelo blanco, que medía por lo menos 1.80 metros. Más tarde descubrí que ninguno era más alto que yo, pero tenían el cuerpo anormalmente largo y el muslo muy corto y curiosamente retorcido. En cualquier caso, formaban una banda de asombrosa fealdad, y sobre sus cabezas, bajo la vela de proa, asomaba el rostro negro del hombre al que le brillaban los ojos en la oscuridad. Mientras los observaba, mi mirada se cruzó con la suya, y uno a uno fueron apartando sus ojos de los míos para mirarme de un modo extraño y furtivo. Pensé que tal vez estuviera incomodándolos y centré mi atención en la isla a la que nos acercábamos.

Era llana y estaba densamente cubierta de vegetación, entre la que abundaba una especie de palmera desconocida para mí. Desde algún lugar de la isla, una fina columna de vapor blanco ascendía sesgadamente por el aire hasta una altura inmensa, deshilachándose luego como una pluma. Nos encontrábamos en una amplia bahía flanqueada en ambos extremos por un pequeño promontorio. La playa era de arena gris y ascendía abruptamente formando una loma, que se alzaba unos 200 metros sobre el nivel del mar, salpicada aquí y allá de árboles y maleza. En mitad de la pendiente había un recinto de piedra cuadrado que, según supe después, estaba hecho en parte de coral y en parte de lava solidificada. Dos techos de paja cubrían el recinto. Un hombre nos esperaba en la orilla. Cuando aún estábamos lejos, me pareció vislumbrar otras criaturas de aspecto grotesco que se escondían entre los arbustos de la pendiente, pero al acercarnos no vi ni rastro de ellas. El hombre que aguardaba en la orilla era de estatura media y cara negroide. Tenía la boca grande, sin apenas labios, los brazos extraordinariamente largos, los pies delgados y grandes y las rodillas huesudas. Estaba allí de pie, inclinado hacia adelante, sin quitarnos la vista de encima. Vestía igual que Montgomery y el hombre de pelo blanco, con pantalón y chaqueta de sarga azul. Cuando nos acercamos un poco más, empezó a correr por la playa de un lado a otro, con grotescos movimientos.

A una orden de Montgomery, los cuatro tripulantes de la lancha saltaron al agua con ademanes torpes y arriaron las velas. Montgomery nos condujo hasta un pequeño dique excavado en la playa. Entonces, el hombre que aguardaba en la orilla se nos acercó apresuradamente. Este amarradero, como yo lo llamo, no era en realidad más que una simple zanja lo suficientemente larga en esa fase de la marea para cobijar la embarcación. Escuché que la proa encallaba en la arena, alejé el bote de la caña del timón de la lancha y desembarqué tras lanzar las amarras. Los tres hombres vendados gatearon torpemente por la arena y procedieron de inmediato a la descarga de la mercancía, ayudados por el hombre de la playa. Lo que más llamó mi atención fueron sus extraños movimientos y balanceos de piernas; no es que fueran rígidas, pero estaban curiosamente torcidas, como dislocadas en las articulaciones. Mientras tanto, los perros seguían gruñendo, y cuando el hombre del pelo blanco desembarcó con ellos, tiraron de las cadenas intentando seguir a los otros tres. Se comunicaban entre sí en tono gutural, y el que esperaba en la playa empezó a charlar con ellos agitadamente en lo que me pareció una lengua extranjera, mientras echaba mano a unos paquetes apilados en la popa. Creí haber escuchado antes aquella voz, aunque no sabía dónde. El hombre del pelo blanco seguía de pie entre el tumulto de los seis perros, dando órdenes a voz en cuello. Una vez desmontada la caña del timón, Montgomery desembarcó y todos se pusieron a descargar el barco. Yo estaba demasiado débil para ayudarlos, entre el ayuno y la exposición al sol con la cabeza desprotegida.

En ese momento el hombre del pelo blanco pareció advertir mi presencia y se me acercó.

—Tiene cara —dijo— de que aún no ha desayunado —sus ojos pequeños y negros brillaron bajo unas cejas muy pobladas—. He de pedirle disculpas por ello, ahora que es nuestro huésped debemos hacer que se sienta cómodo, aunque ya sabe que nadie lo ha invitado. —Me miró intensamente y continuó—: Montgomery dice que es usted un hombre muy educado y familiarizado con las buenas costumbres, señor Prendick, dice que sabe algo de ciencias. ¿Puedo preguntarle qué significa eso?

Le expliqué que había pasado algunos años en el Royal College of Science, y que había llevado a cabo ciertas investigaciones relacionadas con las ciencias biológicas bajo la dirección de Huxley[2]. Al escuchar lo que le decía, enarcó ligeramente las cejas.

—Esto cambia un poco las cosas, señor Prendick —dijo con un poco de más de respeto—. Da la casualidad de que todos los que estamos aquí somos biólogos. Esto es, en cierto modo, una estación biológica. —Y posó su mirada sobre los hombres de blanco, muy ocupados en arrastrar al puma, instalado sobre unas pequeñas ruedas, hacia el recinto de piedra—. Al menos, Montgomery y yo —añadió, y acto seguido dijo—: No puedo decirle cuándo podrá irse de aquí. Estamos muy lejos de todo. Solo vemos pasar un barco cada doce meses.

Me dejó bruscamente, subió por la loma, pasando por

2   Thomas Henry Huxley (1825-1895), fisiólogo británico que, de 1846 a 1850, tomó parte en una expedición científica por el océano Pacífico y por Insulindia. Amigo de Darwin, fue un defensor de las teorías de este.

delante del grupo, y entró en el recinto. Los otros dos hombres estaban con Montgomery, apilando un montón de paquetes pequeños en una pequeña carreta. La llama seguía en la lancha, con las conejeras, y los perros aún estaban atados a la bancada. Cuando terminaron de apilar los bultos, los tres hombres agarraron la carretilla y empezaron a arrastrar la tonelada de peso detrás del puma. Montgomery se alejó de ellos y, volviendo hacia mí, me tendió la mano.

—Me alegro —dijo—, por lo que me toca. Ese capitán era un pobre burro. Debería haberle facilitado las cosas.

—Ha vuelto a salvarme —respondí.

—Eso depende. Pronto verá que esta isla es un lugar infernal, se lo aseguro —dijo—. Yo que usted me andaría con cuidado. *Él...* —vaciló, y pareció cambiar de opinión sobre lo que estaba a punto de decir—. Écheme una mano con los conejos —terminó por decir.

La manera en la que manejaron a los conejos me resultó bastante curiosa. Me metí en el agua con él y le ayudé a transportar una de las conejeras hasta la playa. Acto seguido abrió la puerta e, inclinando la caja por uno de los extremos, vertió sobre la arena su viviente contenido. Unos veinte conejos, si mis cálculos no me fallan, cayeron unos encima de otros. Luego dio unas palmadas y todos se dispersaron corriendo, dando pequeños saltos por la playa.

—¡Crezcan y multiplíquense, amigos míos! —exclamó Montgomery—. La isla es suya para poblar. Hasta ahora andábamos algo escasos de carne.

Mientras los veía alejarse, el hombre del pelo blanco regresó con una petaca de coñac y unas galletas.

—Uno bocadillos, Prendick —dijo, en tono algo más amistoso que antes.

Tuve cuidado de no realizar ningún comentario. Solo me limité a dar buena cuenta de las galletas mientras el hombre del pelo blanco ayudaba a Montgomery a liberar a otra veintena de conejos. Sin embargo, tres conejeras grandes fueron llevadas hasta la casa con el puma. El coñac ni lo probé, pues desde que puedo recordar he sido abstemio.

VII

LA PUERTA CERRADA

Debe resultar muy fácil para el lector entender que para este momento toda esta experiencia me resultaba muy extraña; cabe destacar, que toda la situación era el resultado de aventuras tan inesperadas, que ya no tenía criterio para juzgar la extravagancia de las cosas. Siguiendo los pasos de la llama subí por la playa hasta que Montgomery me alcanzó para advertirme que no entrase en el recinto de piedra. Pude darme cuenta que la jaula del puma y el montón de paquetes se encontraban a la entrada del recinto en un espacio dispuesto para ello.

Me di la vuelta y comprobé que ya habían terminado de descargar la lancha, que reposaba ahora varada en la playa, y que el hombre del pelo blanco caminaba hacia nosotros. Se dirigió a Montgomery.

—Ahora empieza el problema con este invitado inesperado. ¿Qué vamos a hacer con él?

—Está familiarizado con la ciencia —dijo Montgomery.

—Estoy impaciente por volver al trabajo con el nuevo material —dijo el hombre del pelo blanco, señalando con la cabeza hacia el recinto de piedra. Sus ojos brillaban con cierta excitación.

—De eso no me cabe la menor duda —dijo Montgomery en un tono que era cualquier cosa menos cordial.

—No podemos mandarlo allí, ni perder el tiempo en construirle una nueva choza. Y tampoco podemos confiar en él por el momento.

—Estoy en sus manos —dije yo, que no tenía la menor idea de lo que quería decir con «allí».

—Yo también he pensado en ello —respondió Montgomery—. Queda mi habitación con puerta al exterior.

—¡Eso es! —se apresuró a decir el anciano, mirando a Montgomery. Y los tres nos dirigimos hacia el recinto de piedra—. Siento ser tan misterioso, señor Prendick, pero recuerde que nadie lo ha invitado. Nuestro establecimiento encierra un par de secretos, en realidad es una especie de cámara de Barba Azul. Nada terrible para un hombre en su sano juicio. Pero aún no sabemos quién es usted.

—Evidentemente —dije—, sería estúpido si me sintiera ofendido por su desconfianza.

Esbozó una débil sonrisa —era una de esas personas

taciturnas que sonríen con las comisuras de los labios hacia abajo— e inclinó la cabeza en reconocimiento a mi complacencia. Habíamos pasado la entrada principal del recinto; una pesada puerta de madera con marco de hierro, ante la cual se amontonaba la carga del barco. Al llegar a la esquina nos encontramos con una puerta pequeña en la que no había reparado hasta entonces. El hombre del pelo blanco sacó un manojo de llaves del bolsillo de su mugrienta chaqueta azul, abrió la puerta y entró. La expresión de sus ojos y las complicadas medidas de seguridad del lugar, llamaron mi atención. Lo seguí hasta una pequeña habitación, sencilla aunque confortablemente amueblada, con una puerta interior ligeramente entornada, que daba a un patio empedrado. Montgomery la cerró de inmediato. En el rincón más oscuro de la habitación había una hamaca y una ventana pequeña y sin cristal, protegida por unos barrotes de hierro, que miraba hacia el mar.

El hombre del pelo blanco me explicó que aquella sería mi habitación y que la puerta interior se cerraría desde fuera, «para evitar accidentes», según dijo. Señaló una tumbona que había junto a la ventana y un montón de libros viejos, principalmente obras de cirugía y ediciones de los clásicos latinos y griegos —cuya lengua no podía leer con facilidad— apilados en una estantería cerca de la hamaca. Salió de la habitación por la puerta exterior, como para no tener que abrir de nuevo la otra.

—Normalmente comemos aquí —dijo Montgomery—, y luego, como si dudara, salió detrás del otro. Me pareció escuchar que lo llamaba Moreau, y en aquel momento no caí en cuenta.

Luego, mientras ojeaba los libros de la estantería, me vino a la mente: ¿dónde había escuchado yo el nombre de Moreau? Me senté junto a la ventana, saqué las galletas que me quedaban y las comí con excelente apetito. ¡Moreau!

Por la ventana vi a uno de los numerosos hombres de blanco que arrastraba una caja por la playa. Luego el marco de la ventana lo ocultó de mi vista. Poco después escuché que alguien introducía una llave en la cerradura y cerraba la puerta. Al cabo de un rato, a través de la puerta cerrada, se podía escuchar a los perros, que ya habían llegado de la playa. No ladraban, pero olfateaban y gruñían de un modo extraño. Escuche sus rápidas pisadas y la voz de Montgomery apaciguándolos.

Estaba muy impresionado por la misteriosa discreción de los dos hombres con respecto al contenido de aquel lugar, y durante algún tiempo no paré de pensar en ello y en lo familiar que me resultaba el nombre de Moreau. Pero así es la memoria humana, y en ese momento no fui capaz de relacionar debidamente aquel nombre que me resultaba tan familiar. Mis pensamientos pasaron a la indescriptible rareza del hombre deforme y envuelto con vendas blancas que nos esperaba en la playa. Jamás había visto semejante forma de caminar ni movimientos tan extraños como los que él hacía al arrastrar la caja. Luego recordé que ninguno de ellos me había dirigido la palabra, aunque a todos los había sorprendido mirándome furtivamente en algún momento. Me preguntaba,

¿qué idioma hablarían? Parecían muy taciturnos, y hablaban con voces misteriosas. ¿Qué les pasaba? Entonces recordé la mirada del torpe ayudante de Montgomery.

Justo cuando estaba pensando en él, entró en la habitación. Iba vestido de blanco y traía una bandeja con café y verdura hervida. Apenas pude evitar un estremecimiento de horror cuando entró, inclinándose amablemente, y dejó la bandeja sobre la mesa, delante de mí. Me quedé paralizado de asombro. Bajo sus fibrosos mechones de pelo vislumbré una oreja. La vi de pronto, muy cerca de mí. ¡Tenía las orejas puntiagudas y cubiertas de un vello fino de color marrón!

—Su desayuno, señor —dijo.

Lo miré fijamente sin intentar responderle. Se volvió y se dirigió hacia la puerta, mirándome por encima del hombro de un modo extraño. Lo seguí con la mirada y, entonces, por alguna función cerebral inconsciente, me vino a la cabeza una frase: «Los dolores de Moreau», ¿cómo era? Mi memoria dio un salto de diez años. «¡Los horrores de Moreau!». La frase divagó a su antojo por mi cabeza durante un momento y luego la vi en un rótulo rojo impreso sobre un pequeño folleto amarillo, cuya lectura producía escalofríos. De pronto pude recordar todo a la perfección. El folleto olvidado volvió a mi memoria con asombrosa nitidez. Yo no era entonces más que un niño, y Moreau debía de tener, creo, unos cincuenta años; era un eminente cirujano, conocido en los círculos científicos por su extraordinaria imaginación y su brutal franqueza en el debate.

¿Sería el mismo Moreau? Había publicado ciertos

descubrimientos de lo más sorprendentes sobre la transfusión de sangre, y se sabía además que estaba realizando una valiosa labor de investigación sobre tumores malignos. Pero su carrera se vio súbitamente interrumpida. Tuvo que abandonar Inglaterra. Un periodista consiguió entrar en su laboratorio en calidad de ayudante, con la intención deliberada de hacer un reportaje sensacionalista y, merced a un increíble accidente —si es que realmente fue un accidente—, su terrífico folleto alcanzó notoriedad. El mismo día de su publicación, un pobre perro, desollado y mutilado, escapó del laboratorio de Moreau. Todo esto transcurrió durante el verano, cuando escasean las noticias, y un destacado editor, primo del supuesto ayudante de laboratorio, apeló al sentido común de la nación. No era la primera vez que el sentido común se oponía a los métodos de investigación. El doctor fue expulsado del país sin contemplaciones. Quizá lo mereciera, pero sigo creyendo que el tibio apoyo de sus colegas, y el abandono del que fue objeto por parte del cuerpo de investigadores científicos, fue algo vergonzoso. Sin embargo, algunos de sus experimentos, según el relato del periodista, eran de una crueldad desmesurada. Tal vez habría podido calmar a la opinión pública abandonando sus investigaciones, pero al parecer optó por estas últimas, como habría hecho la mayoría de las personas que han sucumbido al irresistible hechizo de la investigación. Era soltero, por lo que solo debía pensar en sus propios intereses...

Debía tratarse del mismo hombre, de eso estaba convencido y no me quedaba la menor duda. Todo apuntaba a ello. Entonces caí en cuenta de cuál era el destino del puma y de los otros animales, que para entonces ya habían sido encerrados, junto con el resto de la carga, en el recinto situado detrás de la casa. Un leve y curioso olor, el hálito de algo familiar, un olor que había permanecido hasta ahora en el fondo de mi conciencia, ocupó de pronto el primer plano de mis pensamientos. Era el olor a antiséptico del quirófano. Se pudo escuchar el rugido del puma al otro lado de la pared, y uno de los perros gimió como si lo hubieran golpeado con algo contundente.

Sin embargo, y especialmente para otro hombre de ciencia, la vivisección no era tan horrible como para justificar tanto secreto. Y por un extraño salto mental, las orejas puntiagudas y los ojos brillantes del ayudante de Montgomery volvieron a mí con la más absoluta nitidez. Clavé la mirada en el mar azul, que la refrescante brisa cubría de espuma, y dejé que estos y otros extraños recuerdos de los últimos días corretearan por mi mente.

¿Cuál era el significado de todo esto? Un pabellón cerrado en una isla solitaria, un vivisector de mala fama y esos hombres lisiados y deformes...

VIII

Los alaridos del puma

A la una en punto aproximadamente, Montgomery irrumpió el océano de confusión y sospechas en los que mis pensamientos se encontraban sumergidos, acompañado de su grotesco ayudante, el cual traía una bandeja con pan, algunas hierbas y otros víveres, una petaca de whisky, una jarra de agua, tres vasos y tres cuchillos. Miré con sospecha a la extraña criatura y la sorprendí observándome con sus enigmáticos ojos. Montgomery dijo que comería conmigo, pero que Moreau estaba demasiado preocupado con cierto trabajo y no podía acompañarnos.

—¡Moreau! —exclamé yo—. Conozco ese nombre.

—¿Cómo diablos va a conocerlo? —respondió—. ¡Qué estúpido he sido! No debería haberle dicho nada. De todos modos, eso le permitirá intuir cuáles son nuestros misterios. ¿Whisky?

—No, gracias. Soy abstemio.

—¡Ojalá yo lo fuera! Pero de nada sirve cerrar la puerta cuando el caballo ya ha sido robado. Fue este brebaje infernal lo que me trajo aquí. Eso y una noche de niebla. Me consideré afortunado cuando Moreau me ofreció salir de allí. Es de gustos raros...

—Montgomery —dije bruscamente cuando la puerta de fuera se cerró—: ¿por qué ese hombre tiene las orejas puntiagudas?

—¡Maldita sea! —exclamó con la boca llena de comida. Luego me miró un momento y repitió—: ¿Orejas puntiagudas?

—Sí, terminan en punta —insistí lo más tranquilamente posible, conteniendo el aliento—, y cubiertas de vello oscuro en los bordes.

Se sirvió whisky y agua con gran prudencia.

—Creía... que el pelo le cubría las orejas.

—Se las vi cuando se acercó para servirme el café que me enviaste —dije yo—. Y le brillan los ojos en la oscuridad.

Para entonces Montgomery ya se había repuesto de la sorpresa que mi pregunta había causado en él.

—Siempre he pensado —dijo, acentuando ligeramente su ceceo—: que había algo raro en sus orejas, a juzgar por cómo las escondía... ¿Cómo es qué eran?

Su actitud me inducía a pensar que su ignorancia era fingida. Sin embargo, no podía decirle que era un mentiroso.

—De punta —dije yo—; bastante pequeñas y peludas, claramente peludas. Pero no son solo las orejas. Ese hombre es uno de los seres más extraños que he visto en mi vida.

Desde el recinto, a nuestras espaldas, llegó el brutal alarido de dolor de un animal. Su intensidad y su volumen apuntaban al puma. Observé que Montgomery ponía mala cara.

—¿Sí? —dijo.

—¿Dónde encontró a esa criatura?

—San Francisco. Reconozco que es muy feo. Y medio bobo. No recuerdo de dónde venía. Pero me he acostumbrado a él. Los dos nos hemos acostumbrado. ¿Le sorprende?

—Es antinatural —respondí—. Hay algo en él... No piense que soy fantasioso, pero cuando se acerca me produce una sensación desagradable, una especie de tensión muscular. Tiene un toque... diabólico, de hecho.

Montgomery había dejado de comer mientras yo hablaba.

—¡Qué raro! A mí no me lo parece —repuso Montgomery. Continuó comiendo, y luego añadió—: No tenía la menor idea —dijo, y masticó—. La tripulación de la goleta debió sentir lo mismo. Era evidente que todos estaban en contra del pobre diablo. Bueno, tú viste cómo se puso el capitán.

El puma aulló de nuevo, esta vez con más dolor. Montgomery maldijo entre dientes. Yo estaba casi decidido a interrogarle acerca de los hombres de la playa. Luego, el pobre animal lanzó una serie de alaridos breves y penetrantes.

—Esos hombres de la playa —agregué—, ¿a qué raza pertenecen?

—Unos tipos excelentes, ¿verdad? —dijo con aire distraído, enarcando las cejas cuando el animal volvió a aullar.

No dije nada más. Volvió a escucharse un alarido peor que los anteriores. Montgomery me miró con sus apagados ojos grises y tomó un poco más de whisky. Intentaba llevar la conversación hacia el tema del alcohol, asegurando que gracias a eso me había salvado la vida. Parecía ansioso por señalar que mi vida había sido salvada gracias a sus acciones. Le respondí distraídamente.

El almuerzo había concluido. El monstruo deforme de orejas puntiagudas desapareció y Montgomery volvió a dejarme a solas en la habitación. En ningún momento había logrado ocultar la irritación que los gritos del puma le producían. Hizo un comentario sobre su falta de sangre fría y dejó que yo lo interpretara a mi manera.

Para mí los gritos eran particularmente molestos, y su intensidad aumentó a medida que avanzaba la tarde. Al principio me daban lástima, pero su persistencia acabó por sacarme de quicio. Arrojé la traducción de Horacio que había estado leyendo y empecé a apretar los puños, a morderme los labios y a dar vueltas por la habitación. En un punto de la tarde me vi en la situación de tener que taparme lo oídos.

Los alaridos me resultaban cada vez más conmovedores, hasta que se convirtieron en tan exquisita expresión de sufrimiento que se me hizo insoportable seguir encerrado en aquella habitación. Salí al exterior, al soñoliento calor de la tarde que declinaba, pasé junto a la entrada principal —otra vez cerrada, según me di cuenta— y doblé la esquina del recinto.

Los alaridos sonaban con más fuerza en el exterior. Daba la impresión de que todo el dolor del mundo se canalizaba en una sola voz. Y aun a sabiendas de que el dolor estaba en la habitación contigua, creo que habría podido soportarlo —al menos eso he pensado desde entonces— de haber sido un dolor mudo. Pero cuando el sufrimiento halla una voz y nos pone los nervios de punta, la compasión llega a ser una molestia. Aunque lucía un sol radiante y los verdes abanicos de los árboles se mecían con la relajante brisa del mar, el mundo era una confusión de imprecisos fantasmas rojos y negros, hasta que quedé fuera del alcance de los ruidos del recinto que estaba junto a la casa.

IX

LA COSA EN EL BOSQUE

A toda velocidad irrumpí en la maleza que cubría el promontorio que estaba detrás de la casa, atravesé la sombra de un denso grupo de árboles de troncos rectos, hasta que me encontré al otro lado del promontorio y descendiendo hacia un pequeño río que fluía por un angosto valle. Me detuve un momento y escuché. La distancia recorrida, o la masa de vegetación, amortiguaban cualquier sonido procedente del recinto. El ambiente se encontraba en total calma. De pronto se escuchó un crujido, y un conejo pasó corriendo por delante de mí, colina arriba. No sabía qué hacer y me senté a la sombra.

Era un lugar agradable. El arroyo quedaba oculto por la exuberante vegetación de las orillas, salvo en un punto, donde vislumbré un triángulo de agua brillante. A través de una neblina azul, en la otra orilla, divisé una maraña de árboles y enredaderas, y más arriba el luminoso azul del cielo. Aquí y allá una mancha blanca o carmesí revelaba la presencia de una especie de orquídea rastrera. Dejé vagar la mirada sobre la escena durante un rato y luego volví a dar vueltas a las extrañas peculiaridades del ayudante de Montgomery. Pero hacía demasiado calor para pensar y no tardé en sumirme de nuevo en un placentero estado, a medio camino entre el sueño y la vigilia.

Después de no sé cuánto tiempo me despertó un crujido de la maleza en la otra orilla del arroyo. En un primer momento solo vi las puntas de los helechos y de las cañas acunadas por el viento. Luego, de repente, algo apareció en la orilla. Al principio no pude distinguir lo que era. Inclinó la cabeza sobre el agua y empezó a beber. Vi entonces que se trataba de un hombre que andaba a cuatro patas, ¡como un animal! Iba vestido de azul, tenía la piel de color cobrizo y el pelo negro. Al parecer, una grotesca fealdad era la principal característica de los habitantes de aquella isla. Pude apreciar que hacía ruido con los labios al beber.

Me incliné hacia adelante para verlo mejor, pero en ese momento un trozo de lava se desprendió junto a mi mano y cayó rodando pendiente abajo. El hombre miró hacia arriba con expresión culpable y nuestras miradas se cruzaron. Luego se incorporó y se quedó allí, pasándose torpemente la mano por la boca, sin dejar de mirarme. Sus piernas apenas medían la mitad que el cuerpo. Permanecimos mirándonos desconcertados por más o menos un minuto. Luego, deteniéndose para mirar atrás una o dos veces, se escabulló entre las plantas que había a mi derecha, y el rumor de las frondas se fue debilitando en la distancia hasta cesar por completo. Mucho después de que esta criatura desapareciera, aún permanecía sentado mirando fijamente en la dirección en la que había huido. Para ese momento mi soñolienta tranquilidad se había esfumado.

Me sobresaltó un ruido a mi espalda y, volviéndome bruscamente, vi la cola blanca de un conejo que corría cuesta arriba. Me puse en pie de un salto. La aparición de aquella criatura grotesca y medio animal había poblado de repente la calma de la tarde. Miré alrededor, bastante nervioso, y lamenté no llevar un arma.

Entonces caí en cuenta de que el hombre al que acababa de ver iba vestido de azul —no iba desnudo como un salvaje— e intenté convencerme a mí mismo de que seguramente sería un ser pacífico, aunque la ferocidad de su rostro no dejase traslucirlo.

No obstante, la aparición me había trastornado. Caminé hacia la izquierda por la pendiente, volviendo la cabeza a uno y otro lado y escrutando entre las ramas de los árboles. ¿Por qué razón un hombre se movía a cuatro patas y bebía directamente con la boca? Volví a escuchar el lamento de un animal y, suponiendo que se trataba del puma, di media vuelta y caminé en dirección diametralmente opuesta al lugar de donde procedía el sonido. Esto me condujo hasta el arroyo, lo crucé y continué ascendiendo entre la maleza.

Me sobresaltó una gran mancha de color carmesí en el suelo y, al acercarme, descubrí que se trataba de un curioso hongo, ramificado y estriado como un liquen foliáceo, que al tocarlo se convertía en limo. Un poco más allá, a la sombra de unos exuberantes helechos, me aguardaba un desagradable hallazgo: un conejo muerto y aún caliente, con la cabeza arrancada y cubierto de moscas. Me detuve horrorizado ante la visión de la sangre derramada. ¡Aquí, al menos, ya habían asesinado a uno de los visitantes de la isla! No presentaba otros signos de violencia. Parecía como si lo hubiesen atrapado y matado de repente. Observé el cuerpo pequeño y peludo, preguntándome cómo lo habrían hecho. El vago temor que se había instalado en mi mente desde que había visto el rostro inhumano del hombre en el arroyo se tornó más intenso. Empecé a comprender lo arriesgado de mi expedición entre aquellos seres desconocidos. Mi imaginación comenzaba a transformar la espesura a mi alrededor. Cada sombra se convertía en algo más que una sombra, se convertía en una potencial emboscada, y cada crujido en una amenaza. Sentí que una presencia invisible me acechaba. Decidí regresar al recinto de la playa. Me volví bruscamente y me lancé con violencia, con desesperación incluso, entre los matorrales, deseoso de encontrarme de nuevo en un lugar despejado.

Me detuve justo a tiempo de evitar mi súbita aparición en el espacio abierto. Era una especie de claro en la selva, producido por la caída de un gran árbol; las plantas comenzaban ya su lucha por poblar el espacio vacío y, un poco más allá, la densa maraña de ramas, enredaderas serpenteantes y grupos de hongos y flores volvía a cerrarse. Ante mí, entre los enmohecidos restos de un enorme árbol caído, se ocultaban tres grotescas figuras humanas que aún no habían advertido mi presencia. Una de ellas era evidentemente hembra. Los otros dos eran hombres. Solo llevaban un taparrabos rojo y tenían la piel de un color rosado oscuro, distinta a la de cualquier salvaje que hubiera visto hasta entonces. Los rostros eran anchos, sin mentón, la frente hundida, y el pelo escaso y erizado. En mi vida había visto criaturas de aspecto tan bestial.

Estaban hablando, o al menos uno de los hombres hablaba a los otros dos, y los tres se encontraban muy entretenidos como para escuchar el susurro de mi acercamiento. Movían la cabeza y los hombros a uno y otro lado. Las palabras del que hablaba me llegaban gangosas y densas, y aunque las escuchaba perfectamente, no era capaz de distinguir lo que decía. Parecía recitar en una complicada jerga. Luego, su voz se tornó más aguda, extendió las manos y se puso en pie. Los otros comenzaron a parlotear al unísono, poniéndose igualmente en pie, extendiendo las manos y balanceándose al ritmo de su cántico. Fue entonces cuando vi sus piernas, anormalmente cortas, y los pies desgarbados y torpes. Comenzaron a girar lentamente, levantando alternativamente los pies y pateando el suelo, al tiempo que gesticulaban con los brazos; algo parecido a una melodía fue adentrándose en el ritmo de la recitación, con un estribillo que decía algo así como «Alula» o «Balula». Empezaron a brillarles los ojos y a iluminarse sus horribles rostros con una expresión de extraño placer. Soltaban saliva por las bocas sin labios.

De repente, al ver sus gestos grotescos e inexplicables, percibí claramente por primera vez lo que me había ofendido, lo que me había dado las dos impresiones inconsistentes y conflictivas de total extrañeza y, sin embargo, de la más extraña familiaridad. Las tres criaturas que participaban en este misterioso rito tenían forma humana y, sin embargo, eran seres humanos con el aire más extraño de algún animal conocido. Cada una de estas criaturas, a pesar de su forma humana, su especie de tapa rabos, y la áspera humanidad de su forma corporal, se había entretejido en ella —en sus movimientos, en la expresión de su semblante, en toda su presencia—, la insinuación ahora irresistible de un cerdo, un vestigio de cerdo, la marca inconfundible de la bestia.

Permanecí allí, abrumado por tan sorprendente descubrimiento, mientras las más horribles preguntas asaltaban mi mente. Los monstruos empezaron a saltar por los aires, primero uno y luego el otro, gritando y gruñendo. Uno de ellos resbaló y quedó un momento a cuatro patas, antes de volver de inmediato a su antigua posición. Pero ese destello transitorio de bestialidad había sido suficiente.

Me volví lo más sigilosamente que pude y, paralizándome por el miedo a ser descubierto cada vez que crujía una rama o crepitaba una hoja, me adentré de nuevo en la espesura. Pasó mucho tiempo hasta que perdí el miedo y me atreví a avanzar con libertad. Solo pensaba en alejarme de aquellos horribles seres, y casi no me di cuenta de que me encontraba en un sendero que discurría entre los árboles. Entonces, al cruzar un pequeño claro, descubrí con sobresalto dos torpes piernas entre los árboles, que caminaban con sigilo a unos treinta metros de mí, en paralelo. La cabeza y la parte superior del cuerpo quedaban ocultas tras una maraña de enredaderas. Me detuve bruscamente, confiando en que la criatura no me viera. Los pies se detuvieron al mismo tiempo que los míos. Estaba tan nervioso que me costó dominar el impulso de salir corriendo. Luego, escudriñando la maleza, distinguí la cabeza y el cuerpo de la bestia que había visto bebiendo en el arroyo unos momentos antes. Movió la cabeza. Había en sus ojos un resplandor esmeralda cuando me miró desde las sombras de los árboles, una especie de brillo que se desvaneció al girar nuevamente la cabeza. Permaneció un momento inmóvil y luego, con paso silencioso, echó a correr por la verde espesura. Enseguida desapareció entre unos arbustos. Ya no lo veía, pero sentía que se había detenido y me observaba.

¿Qué diablos era aquello: un animal o un hombre? ¿Qué quería de mí? Yo iba desarmado, ni siquiera llevaba un palo. Huir habría sido una locura. En cualquier caso, aquella cosa, fuera lo que fuese, no tuvo valor para atacarme. Caminé en línea recta hacia él, apretando los dientes con fuerza. Hacía cuanto podía por contener el miedo, que parecía helarme la espalda. Me adentré por un auténtico laberinto de arbustos altos y flores blancas y lo vi a unos veinte metros, mirándome por encima del hombro y sin saber muy bien qué hacer. Avancé uno o dos pasos, mirándole fijamente a los ojos.

—¿Quién eres? —pregunté.

Intentó aguantar la mirada.

—¡No! —exclamó de pronto y, dando media vuelta, se alejó saltando entre los matorrales. Luego se volvió y me miró de nuevo. Le brillaban los ojos bajo la penumbra de los árboles.

Tenía el corazón en la boca, pero sentí que mi única oportunidad era marcarme un farol y caminé hacia él con decisión. Dio media vuelta y se perdió en el crepúsculo. Una vez más, me pareció entrever el brillo de sus ojos, y eso fue todo.

Por primera vez comprendí hasta qué punto podía afectarme lo mucho que había avanzado el día. El sol acababa de ponerse, y el breve crepúsculo tropical se desvanecía ya al este del cielo, mientras la primera polilla revoloteaba en silencio alrededor de mi cabeza. Debía apresurarme a volver al recinto, a menos que estuviese dispuesto a pasar la noche entre los desconocidos peligros de la misteriosa selva. La idea de regresar a ese refugio de dolor me resultaba enormemente desagradable, pero peor era la idea de ser sorprendido en mitad de la selva por la oscuridad y cuanto esta pudiese ocultar. Dirigí una última mirada hacia las sombras azules que se habían tragado a la extraña criatura y volví sobre mis pasos pendiente abajo en dirección al arroyo, por donde creía haber venido.

Caminaba con ansiedad, perplejo por lo sucedido, cuando llegué a una planicie que se extendía entre árboles dispersos. La incolora claridad que sucede al arrebol del ocaso se teñía de oscuro. El cielo azul se tornaba cada vez más profundo y, una a una, las estrellas horadaban la tenue luz; los huecos de los árboles y la vegetación, vagamente azules durante el día, se tornaban negros y misteriosos. Seguí adelante. El color desapareció del mundo, las copas de los árboles se perfilaban contra el luminoso azul del cielo, como dibujadas a tinta y, más abajo, su silueta se fundía en una completa oscuridad uniforme. Los árboles parecían más finos y la maleza más abundante. Poco después encontré un espacio desolado cubierto de arena blanca, y más allá otra extensión de enmarañados arbustos. No recordaba haber cruzado antes por una apertura con arena. Me atormentaba un débil crujido a mi derecha. Al principio pensé que era fruto de mi imaginación, pues en cuanto me detenía todo quedaba en silencio, salvo las copas de los árboles mecidas por la brisa vespertina. Pero cuando reanudaba la marcha oía un eco a mis pisadas.

Me alejé de los matorrales, procurando avanzar por terreno más abierto y volviéndome de improviso cada cierto tiempo para sorprender a ese «algo» (si es que existía), en el preciso instante de lanzarse sobre mí. No veía nada y, sin embargo, la sensación de una presencia cercana era cada vez mayor. Apreté el paso y, al cabo de un rato, llegué a una pequeña loma, la crucé y giré bruscamente sin apartar la mirada. Se recortaba negra y nítida contra el cielo oscurecido. De pronto, un bulto informe se elevó por un instante en el horizonte y desapareció. Me convencí entonces de que el enemigo de cara rojiza me acechaba de nuevo. Y, además, llegué a otra desagradable conclusión: estaba indudablemente perdido.

Por un tiempo, me apresuré desesperadamente perplejo y perseguido por esa figura sigilosa. Sea lo que sea, a la Cosa le faltaba valor para atacarme, o estaba esperando para llevarme hasta que me encontrara en desventaja. Me mantuve atento al entrar en el claro. A veces me daba la vuelta y escuchaba; y en ese momento me había convencido a medias de que esta presencia había abandonado la persecución, o había sido una mera creación de mi imaginación perturbada. Entonces pude escuchar el sonido del mar. Aceleré mis pasos casi hasta correr, e inmediatamente hubo un tropezón en mi espalda.

Me volví bruscamente y escruté entre los inciertos árboles que se encontraban detrás de mí. Una sombra negra parecía fundirse con otra. Escuché, con el cuerpo en tensión, pero no pude percibir nada más que el zumbido de la sangre en mis oídos. Pensé que tenía los nervios destrozados y que la imaginación me engañaba, y tomé la decisión de dirigirme hacia el sonido del mar.

Al cabo de un minuto los árboles se dispersaron y me encontré en un promontorio desprovisto de vegetación que se adentraba en las aguas sombrías. La noche era serena y clara, y el reflejo de la creciente multitud de estrellas temblaba en el suave vaivén del mar. Mar adentro, el remolino que formaba el agua sobre la franja de un arrecife brillaba con luz pálida y propia. Divisé hacia poniente la luz zodiacal[3] que se fundía con el resplandor amarillo de la estrella vespertina. La costa se perdía en la distancia hacia levante, y se ocultaba en poniente tras la punta del cabo. Recordé entonces que la playa de Moreau se encontraba al oeste.

Una rama se quebró a mis espaldas y luego escuché un crujido. Me di la vuelta hacia los árboles oscuros. No veía nada —o veía demasiado—. Cada forma oscura cobraba bajo aquella luz un aspecto siniestro, con su peculiar insinuación de alerta. Me quedé inmóvil por espacio de un minuto y, acto seguido, sin apartar la vista de los árboles, me dirigí hacia poniente para cruzar el promontorio. Una de las sombras al acecho se deslizó tras de mí.

---

3   Fulgor blanquecino que puede verse después de la puesta del sol o antes de su salida, en el plano de la elíptica; tiene forma de elipse muy alargada, y su centro parece estar ocupado por el sol.

El corazón me latía con fuerza. Divisé la amplia curva de una bahía al oeste y me detuve de nuevo. La sombra silenciosa se detuvo a doce metros de mí. Un pequeño punto luminoso brillaba en el recodo más alejado de la bahía y la curva gris de la playa se apreciaba débilmente bajo la tenue luz de las estrellas. El punto luminoso se hallaba a unos tres kilómetros. Para alcanzar la playa debía caminar entre los árboles, donde acechaban las misteriosas sombras, y entre los matorrales.

Ahora veía a la Cosa con más claridad. No era un animal, pues caminaba erguido. En ese momento abrí la boca para hablar, y encontré una flema ronca que ahogaba mi voz. Lo intenté de nuevo, y grité:

—¿Quién anda ahí? —dije yo.

No hubo respuesta. Avancé un paso. La Cosa no se movió, simplemente se agazapó un poco. Entonces sentí como mi pie daba con una piedra. Y eso me dio una idea. Sin apartar los ojos de la forma negra que tenía delante, me agaché y cogí el trozo de piedra. Pero, al moverme, la Cosa se volvió bruscamente, como un perro, y se escabulló en la oscuridad. Recordé un truco infantil que aprendí en el colegio contra los perros: envolví la piedra en mi pañuelo y me lo até a la muñeca. Percibí un movimiento entre las sombras, como si la Cosa se batiera en retirada. La tensión emocional cedió de repente; una vez puesto en fuga mi adversario y con un arma en la mano, empecé a sudar y a temblar.

Pasó algún tiempo hasta que me decidí a bajar a la playa, entre los árboles y arbustos, por la ladera del promontorio hasta llegar a la playa. Finalmente eché a correr y, al emerger de la espesura, escuché que alguien me perseguía. El miedo que tenía era tan grande que por un momento perdí por completo la cordura y empecé a correr por la arena. Podía escuchar las ligeras pisadas que me seguían con sigilo. Lancé un grito salvaje y redoblé el paso. Varias formas negras, tres o cuatro veces más grandes que un conejo, se escabulleron entre los matorrales, corriendo o saltando a medida que yo pasaba.

Jamás podré olvidar, mientras viva, el terror de esta persecución. Corría por la orilla del mar sin dejar de escuchar el chapoteo de los pies, que se acercaban cada vez más. Lejos, desesperadamente lejos, brillaba la luz amarilla. La noche era oscura y tranquila. Los pies se acercaban cada vez más, salpicando y de nuevo el chapoteo, el chapoteo. Me faltaba el aliento, pues no estaba en buena forma, silbaba al soltar el aire y sentía una profunda punzada en el costado, como si me clavasen un cuchillo. Supe que la Cosa me alcanzaría mucho antes de llegar al recinto y, jadeante y sollozando, di media vuelta, esperé a que se acercara y la golpeé con todas mis fuerzas. Al hacerlo, la piedra salió disparada de la honda del pañuelo. Al darme la vuelta, la cosa, que iba corriendo a cuatro patas, se puso en pie, y el proyectil le alcanzó de lleno en la sien izquierda. Se pudo escuchar un fuerte chasquido craneal. El hombre-animal se me echó encima, me empujó con ambas manos y se alejó tambaleándose hasta caer de cabeza en la arena con su cara en el agua, donde quedó tendido, sin moverse.

No tenía el coraje de acercarme al bulto negro. Lo

dejé allí, en el agua, bajo las apacibles estrellas, y dando un amplio rodeo para no pasar junto a él, continué mi camino hacia el resplandor amarillo de la casa. Entonces, con gran alivio, volví a escuchar el lastimoso quejido del puma, el sonido que me había impulsado a explorar esa isla misteriosa. Debo mencionar que me sentía muy débil y terriblemente cansado, reuní todas mis fuerzas y eché a correr hacia la luz. Tuve la impresión de que una voz me llamaba.

X

LA LLAMADA DEL HOMBRE

Al acercarme cada vez más a la casa, pude observar que la luz que brillaba era la que salía por la puerta abierta de la que era mi habitación; enseguida escuché la voz de Montgomery, que gritaba desde la oscuridad junto a la franja anaranjada: «¡Prendick!». Continué corriendo. Pasado un momento escuché de nuevo que me llamaba repetidamente. Repliqué un débil «¡hola!» y poco después llegué hasta él, tambaleándome.

—¿Dónde se encontraba? —dijo, tomándome por el brazo de tal modo que la luz de la habitación me dio de lleno en la cara—. Hemos estado tan ocupados que nos olvidamos de usted hasta hace cosa de media hora —me hizo entrar en la habitación y me sentó en la mecedora. Estuve un rato cegado por la claridad de la luz—. Nunca nos pasó por la mente que se iría a explorar la isla y mucho menos sin hacérnoslo saber —dijo, y acto seguido añadió—: ¡Estaba asustado! Pero... ¿qué...? ¡Hola!

La poca fuerza que me quedaba terminó por abandonarme y la cabeza se me cayó sobre el pecho. Me da la impresión de que experimentó cierta satisfacción al darme un poco de coñac.

—¡Por el amor de Dios, cierre la puerta! —exclamé.

—Se ha encontrado con algunas de nuestras curiosidades, ¿verdad? —dijo él.

Cerró la puerta y volvió junto a mí. No me hizo ninguna otra pregunta, pero me sirvió más coñac y agua y me obligó a comer. Yo estaba totalmente abatido. Dijo algo como que había olvidado prevenirme, y me preguntó concisamente a qué hora había salido de la casa y qué había visto. Le respondí igual de concisamente, con frases entrecortadas.

—¡Dígame qué significa todo esto! —dije, en un estado que casi rayaba en la histeria.

—No es tan terrible —respondió—. Pero creo que ya ha tenido suficiente por hoy.

En ese momento, el puma lanzó un fuerte alarido de dolor, y Montgomery mascull ó entre dientes:

—¡Que me ahorquen si esto no es peor que Gower Street... con todos sus gatos!

—Montgomery —pregunté yo—, ¿qué era lo que me persiguió? ¿Una bestia o un hombre?

—Si no duerme esta noche, mañana tendrá la cabeza fatal —respondió.

Me puse de pie frente a él.

—¿Qué era esa cosa que me ha estado siguiendo? —pregunté.

Me miró fijamente y torció la boca. Sus ojos, que un momento antes parecían animados, se apagaron de pronto.

—Por lo que cuenta —dijo Montgomery—, creo que era un fantasma.

Sentí un acceso de cólera que pasó tan rápidamente como vino. Me dejé caer de nuevo sobre la hamaca y me apreté la frente con las manos. El puma empezó de nuevo a soltar alaridos de dolor.

Montgomery se me acercó por detrás y me puso una mano en el hombro.

—Mire Prendick, yo no tuve el menor interés en que usted viniera a esta estúpida isla. Pero no es tan mala como cree. Tiene los nervios destrozados. Permita que le dé algo que le hará dormir. *Eso...* me temo que se va a prolongar por muchas horas. Lo que tiene que hacer ahora es dormir, o no respondo por usted.

Yo no respondí. No dije nada al respecto. Me incliné hacia adelante cubriéndome la cara con las manos. Al rato volvió con un vaso pequeño lleno de un líquido oscuro. Me lo dio a beber. Lo tomé sin ofrecer resistencia mientras me ayudaba a acomodarme en la hamaca.

Cuando desperté ya estaba bien entrado el día. Permanecí un rato tumbado, mirando al techo. Pude descifrar que las vigas estaban construidas con las cuadernas de un barco. Luego volví la cabeza y vi la mesa dispuesta para mí. Estaba hambriento y me disponía a bajar de la hamaca cuando esta, anticipándose cortésmente a mi intención, se dio la vuelta, depositándome en el suelo a cuatro patas.

Me puse en pie y me senté a la mesa. Tenía la cabeza muy cargada y solo recordaba vagamente lo ocurrido la noche anterior. La brisa matinal entraba gratamente por la ventana sin cristales, lo que, unido a la comida, despertó en mí una sensación de placer animal. Entonces la puerta que había a mis espaldas —la que daba al patio interior— se abrió. Me volví y vi el rostro de Montgomery.

—¿Todo bien? —preguntó—. En estos momentos me encuentro muy ocupado —y volvió a cerrar la puerta.

Poco después descubrí que había olvidado cerrarla con llave. Recapitulé la expresión de su rostro la noche anterior, y eso hizo que el recuerdo de todo lo vivido se reconstruyera por sí solo. Cuando volvía a ser presa del temor, pude escuchar un grito procedente del interior. Pero esta vez no era el puma. Aparté el bocado que me había llevado a los labios y presté atención. Salvo el rumor de la brisa matinal, todo era silencio. Empecé a creer que mis oídos me habían engañado.

Al cabo de un buen rato reanudé mi comida, pero sin dejar de aguzar el oído. Entonces percibí algo distinto, un sonido bastante débil y tenue. Estaba sentado y me encontraba completamente paralizado, y aunque el ruido era casi imperceptible, me conmovió mucho más intensamente que cualquiera de los horrores procedentes del otro lado del muro que hasta el momento había escuchado. Esta vez no cabía duda de lo que eran aquellos sonidos sordos y entrecortados, no cabía duda de su procedencia; era un quejido, interrumpido por sollozos y suspiros de angustia. Esta vez no se trataba de un animal. ¡Estaban torturando a un ser humano!

Al darme cuenta de esto me puse de pie y, tras cruzar la habitación de tres zancadas, agarré el tirador de la puerta interior y la abrí.

—¡Deténgase, Prendick! —gritó Montgomery, interviniendo.

Un aterrorizado galgo de caza gañía y se retorcía de dolor. En el fregadero había sangre, sangre oscura, mezclada con sangre escarlata, y percibí el inconfundible olor del ácido fénico[4]. Luego, a través de una puerta abierta, bajo la imprecisa claridad de la penumbra interior, vislumbré algo dolorosamente atado a una estructura, lleno de cicatrices, rojo y vendado. Y finalmente, borrando esta visión, apareció el rostro de Moreau, pálido y terrible. En cuestión de segundos me agarró por el hombro con una mano ensangrentada, me hizo girar sobre mis pies y, levantándome como si fuera un niño, me arrojó de cabeza a mi habitación. Caí cuan largo era sobre el suelo, mientras la puerta se cerraba de golpe, ocultando su rostro alterado. Al instante pude escuchar una llave que giraba en la cerradura y las protestas de Montgomery.

—¡El trabajo de toda una vida, arruinado! —oí a Moreau decir.

—Él no va a ser capaz de entender todo esto —respondió Montgomery. Y siguió diciendo algo inaudible para mí.

---

4   Ácido que se extrae de la hulla y que se emplea como desinfectante.

—Ahora no tengo tiempo que perder —replicó Moreau.

El resto de la conversación se me hizo imposible de escuchar. Me levanté y me quedé allí, temblando, mientras los más terribles presentimientos en mi mente bullían. ¿Era posible hacerle la vivisección a un ser humano? Aquella pregunta brilló como un relámpago en mitad de la tormenta. Y de repente, el nublado horror de mi mente se condensó en una vívida comprensión del peligro en el que me encontraba.

XI

La caza del hombre

De pronto, en mi mente, surgió la necesidad casi irracional de escapar de aquel lugar, en ese instante caí en cuenta y recordé que la puerta exterior de la habitación todavía estaba abierta. Me encontraba completamente convencido, no había ni una pizca de duda en mí, Moreau estaba practicando la vivisección en un ser humano. Desde que había escuchado su nombre por primera vez había intentado establecer alguna relación entre el grotesco animalismo de los isleños y las aberraciones de Moreau; ahora todo tenía sentido. Recordé sus investigaciones sobre la transfusión de sangre. ¡Las criaturas que había visto hasta ahora eran víctimas de un atroz experimento! El propósito de estos repugnantes rufianes no había sido otro que retenerme y despistarme con sus muestras de falsa confianza para luego obsequiarme con un destino aún más terrible que la muerte, la tortura; y, tras la tortura, la más terrible degradación que imaginarse pueda: dejarme a un lado como una bestia cualquiera, como a un alma perdida, junto al resto de los salvajes, como si se tratase de la Ruta de Comus[5].

Miré a mi alrededor buscando un arma. No encontré nada. Luego, con una inspiración, volteé la hamaca, puse el pie en el costado y arranqué la barandilla lateral. Sucedió que un clavo se desprendió de la madera, y al proyectarse, dio un toque de peligro a un arma que de otra manera sería insignificante. Escuché pasos y, sin poder evitarlo, abrí la puerta. Montgomery se encontraba a menos de un metro y se disponía a cerrar la puerta con llave. Alcé la estaca con el clavo en la punta y le corté la cara, pero dio un salto atrás. Tras un instante de vacilación, me di la vuelta y hui a toda velocidad, doblando la esquina de la casa.

—¡Prendick! —me gritó, lleno de asombro—. ¡No sea estúpido!

Un minuto más, pensé, y estaría condenado como un conejo en un matadero. Montgomery dobló la esquina, pues lo escuchaba gritar: «¡Prendick!». Luego se lanzó en mi persecución, mientras corría no dejó de gritar ni por un segundo. Esta vez corrí desaforadamente hacia el noroeste completamente a ciegas, sin saber a dónde

5   Comus (Griego antiguo: Κῶμος) es el dios de la celebración, y de las fiestas nocturnas. Es un hijo y un portador de copas del dios Dioniso. Comus representa la anarquía y el caos. Su mitología se remonta a los últimos tiempos de la antigüedad.

me dirigía, en ángulo recto con respecto al camino que había tomado en mi anterior expedición. En una ocasión, mientras corría a toda velocidad playa arriba, volví la cabeza y vi que su ayudante lo acompañaba. Subí la cuesta a toda prisa y me desvié hacia el este por un valle rocoso flanqueado a ambos lados por la jungla. Recorrí más de un kilómetro sin parar, con una gran opresión en el pecho y el pulso latiéndome en los oídos, hasta que dejé de escuchar a Montgomery y a su ayudante, y, al borde del agotamiento, volví sobre mis pasos hacia la playa —al menos, eso creí entonces— y me tumbé al abrigo de unas cañas. Me quedé allí bastante tiempo, demasiado asustado para moverme, demasiado aterrorizado siquiera para trazar un plan de acción. El agreste paisaje que me rodeaba dormía silenciosamente bajo el sol, y no se podía escuchar nada salvo el débil zumbido de unos diminutos mosquitos que me habían descubierto. Poco después percibí un ruido sordo: el rumor del mar en la playa.

Al cabo de aproximadamente una hora escuché la voz de Montgomery que me llamaba desde muy lejos, en dirección norte. Eso me hizo pensar en mi plan de acción. Según deduje entonces, la isla solo estaba habitada por los dos vivisectores y sus víctimas, algunas de las cuales podían, sin duda, ser obligadas a atacarme, llegado el caso. Sabía que tanto Moreau como Montgomery llevaban revólveres, mientras que yo, a excepción de una endeble estaca con un clavo en la punta, una ridícula parodia de maza, estaba desarmado.

Así pues, me quedé donde estaba hasta que empecé

a pensar en comida y agua. Comprendí que me encontraba en una situación desesperada. No sabía qué hacer para encontrar algo de comer; desconocía por completo la botánica, lo que me impedía aprovechar cualquiera de las raíces o los frutos que allí crecían. Tampoco tenía medios para cazar los escasos conejos que había en la isla. Cuantas más vueltas le daba al asunto, más negro me parecía. Al fin, desesperado por mi situación, volví a pensar en los hombres animalizados con los que me había encontrado. Buscaba una esperanza en lo que recordaba de ellos. Fui analizando a todos, uno por uno, esforzándome por hallar en mi memoria cualquier indicio de ayuda.

De pronto pude escuchar el ladrido de un sabueso y descubrí que un nuevo peligro me acechaba. Apenas me detuve a pensarlo —de lo contrario me habrían atrapado— y, aferrando al instante la estaca con el clavo salido, salté precipitadamente de mi escondite en dirección al sonido del mar. Recuerdo un matorral de plantas espinosas que se clavaban como cuchillos. Salí de allí sangrando y con la ropa hecha jirones, y aparecí junto a un riachuelo que fluía hacia el norte. Sin dudarlo un segundo, me metí directamente en el agua, adentrándome en la corriente, hundido hasta las rodillas. Luego salí con dificultad por la orilla oeste y, con un violento latido en la sien, me escondí entre unos helechos para aguardar el desenlace. Escuchaba que el perro —era uno solo— se acercaba y, al llegar a los espinos, se puso a ladrar de dolor. Después no escuché nada más y empecé a pensar que había escapado.

Pasaron los minutos; el silencio se prolongó, y al fin, tras una hora a salvo, comencé a recobrar el valor. Ya no me sentía aterrorizado ni desgraciado. Era como si hubiese traspasado el límite del terror y la desesperación. Pensaba que mi vida estaba prácticamente perdida, y eso me hacía capaz de cualquier cosa. En cierto modo tenía ganas de encontrarme con Moreau cara a cara. Mientras iba vadeando el río pensé que, si llegaba a sentirme realmente acorralado, me quedaba al menos una vía para escapar del tormento: no podrían evitar que me ahogase. Estuve a punto de hacerlo en ese momento, pero el extraño deseo de ver cómo terminaba la aventura, un incomprensible interés por mí mismo como protagonista, me lo impidió. Estiré las piernas, entumecidas y doloridas por los arañazos de las plantas, y observé los árboles que me rodeaban; y de pronto, como si saltase de la verde maraña vegetal, mis ojos se posaron en un rostro negro que me observaba atentamente. Era la simiesca criatura que había aguardado a la lancha en la playa. Estaba subido al tronco oblicuo de una palmera. Empuñé la estaca y le hice frente. Empezó a balbucear. «Tú, tú, tú...» fue lo único que logré entender en un principio. De pronto, saltó del árbol, apartó el follaje con sus extremidades y me miró con curiosidad.

Aquella criatura no me produjo la misma repugnancia que los otros Salvajes.

—Tú —dijo la criatura—, en el bote —era un hombre, al menos, tan humano como el ayudante de Montgomery, puesto que podía hablar.

—Sí —respondí—. Yo vine en el bote. Desde el barco.

—¡Ah! —dijo él, y recorrió con la mirada brillante e inquieta mis manos, la estaca que llevaba, mis pies, mi ropa hecha jirones y los cortes y arañazos que me había hecho con los espinos. Parecía sorprendido por algo. Sus ojos volvieron a posarse en mis manos. Entonces sacó la mano y, muy despacio, contó los dedos:

—Uno, dos, tres, cuatro, cinco... ¿ocho?

En ese momento no entendí lo que quería decir. Más tarde supe que gran parte de los Salvajes tenía las manos malformadas, y a algunos les faltaban hasta tres dedos. No obstante, intuyendo que aquello era en cierto modo un saludo, hice lo mismo, imitándolo a modo de respuesta, y él sonrió abiertamente con inmensa satisfacción. Luego, volvió a lanzar una inquietante mirada a su alrededor, efectuó un rápido movimiento y desapareció. Las frondas de los helechos, que había mantenido apartadas durante su aparición, volvieron a cerrarse con un rumor de hojas frescas.

Salí corriendo tras él y me quedé atónito al verlo columpiarse alegremente en una liana que colgaba de los árboles, sujetándose con un brazo delgado. Estaba de espaldas a mí.

—¡Hola! —dije.

Descendió de un salto, girando en el aire, y se quedó de pie frente a mí.

—¿Dónde puedo encontrar algo de comer? —pregunté.

—¡Comida! —repitió—. Comida de hombre —y sus ojos volvieron a la liana—. En las cabañas.

—Pero, ¿dónde están las cabañas? —pregunté yo.

—¡Ah! —exclamó.

—Soy nuevo aquí, ya sabes —añadí.

Entonces se dio la vuelta y empezó a andar a paso ligero. Sus movimientos eran extrañamente rápidos.

—¡Ven! —dijo.

Lo seguí para ver cómo terminaba la aventura. Supuse que las cabañas serían una especie de tosco refugio donde viviría con algunos de sus compañeros monstruos. Existía la posibilidad de que incluso fueran pacíficos, y hubiese en sus mentes algún tipo de memoria que pudiera activar de algún modo. Aún no sabía hasta qué punto habían olvidado la herencia humana que yo les atribuía.

Mi compañero simiesco trotó a mi lado, con las manos colgando hacia abajo y la mandíbula hacia adelante. Me preguntaba qué recuerdo podría tener en él.

—¿Cuánto tiempo lleva en esta isla? —pregunté.

—¿Cuánto tiempo? —preguntó; y, tras repetir la pregunta, me mostró tres dedos.

El pobre era poco menos que idiota. Intenté descifrar lo que había querido decir con eso, pero creo que lo aburrí. Tras un par de preguntas más, se apartó bruscamente de mi lado y dio un salto para coger un fruto que colgaba de un árbol. Se hizo con un manojo de vainas espinosas y comenzó a devorar su contenido. Lo observé con satisfacción. ¡Al menos había algo con que alimentarse! Seguí interrogándolo, pero sus respuestas eran casi siempre escuetas y nada tenían que ver con mis preguntas. Algunas tenían sentido, otras eran las respuestas de un loro.

Tan atento iba a todos estos detalles que apenas me fijé en qué camino seguíamos. Llegamos a un lugar donde había árboles carbonizados y negros, y luego a un espacio desprovisto de vegetación y cubierto por una costra blanca amarillenta, sobre la cual circulaba una humareda acre que irritaba los ojos y las fosas nasales. A nuestra derecha, por encima de un peñasco desnudo, divisé el mar azul. El camino descendía bruscamente, serpenteando por un angosto barranco entre dos intrincadas masas de escoria negruzca. Nos adentramos por él.

El pasaje resultaba extremadamente oscuro, en contraste con el resplandor cegador del terreno sulfuroso. Las paredes ascendían en vertical, acercándose la una a la otra. Manchas de color granate y verde desfilaban ante mis ojos. Mi guía se detuvo de improviso:

—Mi casa —dijo.

De pronto me encontré a mí mismo al borde de un abismo que al principio me pareció absolutamente oscuro. Me pareció escuchar ruidos extraños y me froté los ojos con los nudillos de la mano izquierda. Entonces me llegó un olor desagradable, como el de la jaula de mono sucia. Un poco más lejos, la roca volvía a abrirse sobre una pendiente gradual de verdor iluminada por el sol, y a ambos lados la luz se infiltraba por una estrecha abertura hasta la penumbra central.

XII

Los Recitadores de la ley

De repente sentí como si algo frío rozara mi mano. Con gran violencia sentí un sobresalto y, no muy lejos de mí, vi una cosa de color rosado, lo más parecido a un niño desollado que cualquier otra cosa en el mundo. Poseía todos los rasgos dulces, aunque francamente repugnantes, de un perezoso: la misma frente hundida y los mismos gestos lentos.

Al cabo de un momento me fui acostumbrando al súbito cambio de luz, entonces fui capaza de distinguir más cosas a mi alrededor. La criatura que se parecía a un perezoso me observaba atentamente y mi guía de pronto había desaparecido. El lugar era un estrecho pasillo entre altas paredes de lava, con una abertura en su rugosa caída, y, a ambos lados, montones de palletes, hojas de palma en forma de abanico y cañas apoyadas contra la pared formaban un conjunto de impenetrables, toscas y oscuras madrigueras. El tortuoso sendero que ascendía por el barranco apenas superaba los tres metros de ancho y estaba cubierto de fruta podrida y otros desperdicios, lo que explicaba el desagradable hedor del lugar.

La criatura rosada seguía observándome entre parpadeos cuando mi Hombre-Mono reapareció en la abertura de la guarida más próxima y me hizo señas, invitándome a entrar. Entretanto, un monstruo desgarbado salió con dificultad de uno de los agujeros del extraño callejón y se quedó allí, mirándome, con su silueta informe perfilada sobre el brillo del follaje. Yo no sabía qué hacer —tenía ganas de largarme por donde había venido—; pero pasado unos instantes, y con la determinación de proseguir la aventura, empuñé la estaca y me deslicé por el interior del pequeño y maloliente cobertizo en pos de mi guía.

Llegamos a un espacio semicircular, en forma de media colmena. Contra la pared rocosa del interior se apilaba una gran variedad de frutas, cocos y otras especies. Rudimentarios recipientes de madera y lava rodaban por el suelo, y uno de ellos yacía sobre un tosco taburete. No había ningún tipo de luz que iluminara el lugar. Un bulto negro e informe, sentado en el rincón más oscuro de la cabaña, me recibió con un gruñido de «¡hola!», mientras mi Hombre- Mono se detenía en la penumbra de la puerta y me tendía un coco partido por la mitad. Me acerqué hasta la otra esquina y me puse en cuclillas. Acepté el coco y comencé a mordisquearlo intentando parecer sereno, pese al terror que invadía todo mi cuerpo y a la casi insoportable oscuridad del agujero. La criatura con aspecto de perezoso apareció en la entrada de la cabaña, seguido de otra cosa de rostro inexpresivo y ojos brillantes que me miraba de reojo.

—¡Eh! —dijo el misterioso bulto que había enfrente.

—Es un hombre —balbució mi guía—, un hombre, un hombre, un hombre vivo, ¡como yo!

—¡Cállate! —gritó la otra voz desde la oscuridad, lanzando un gruñido. Yo seguí mordisqueando el coco en medio de un impresionante silencio.

Me esforzaba por escrutar en la oscuridad, pero no lograba distinguir nada.

—¡Es un hombre! —repitió la voz—. ¿Viene a vivir con nosotros?

Era una voz grave, pero había en ella algo peculiar, una especie de silbido que llamó mi atención, sin embargo, su acento inglés era asombrosamente correcto.

El Hombre-Mono me miró con expectativa. Comprendí que su silencio era una interrogación.

—Viene a vivir con ustedes —dije.

—Es un hombre. Debe aprender la Ley —dijo la voz.

Comencé a distinguir entonces una negrura más negra en la oscuridad: la silueta borrosa de un cuerpo sentado. Luego advertí que otras dos cabezas oscurecían la abertura del recinto. Agarré con fuerza mi estaca.

El bulto de la oscuridad dijo en voz más alta y con una especie de estribillo:

—Repite estas palabras. No caminarás a cuatro patas; esa es la Ley.

Me quedé perplejo.

—Repite estas palabras —insistió el Hombre-Mono, y las sombras de la puerta las repitieron en un tono que se podía interpretar como amenazador.

Comprendí que debía repetir aquella estúpida fórmula, y comenzó una ceremonia absolutamente demencial. La voz que llegaba desde la oscuridad empezó a entonar, frase a frase, una especie de cántico que los demás repetíamos al pie de la letra. Al hacerlo, se balanceaban de un lado a otro, dándose con las manos en las rodillas, y decidí seguir su ejemplo. Podría haber creído que ya estaba muerto y en el otro mundo: esa oscura guarida, esas sombras grotescas, vagamente iluminadas aquí y allá por un débil destello de luz, y todos balanceándose al unísono y cantando:

No caminarás a cuatro patas; esa es la Ley.
¿Es que, acaso no somos Hombres?
No sorberás la bebida; esa es la Ley.
¿Es que, acaso no somos Hombres?
No comerás carne ni pescado; esa es la Ley.
¿Es que, acaso no somos Hombres?
No cazarás a otros Hombres; esa es la Ley.
¿Es que, acaso no somos Hombres?

Y así, de la prohibición de estos actos de locura, pasaron a la prohibición de lo que entonces me parecieron las cosas más demenciales, imposibles e indecentes que nadie pueda imaginar. Una especie de fervor rítmico se apoderó de todos nosotros; bailábamos cada vez más deprisa, repitiendo la asombrosa Ley. Aparentemente, las bestias me habían transmitido su entusiasmo, mientras en mi interior la risa y el asco libraban su propia batalla. Recitamos una larga lista de prohibiciones, y pasado un buen rato el cántico adoptó una nueva fórmula:

Suya es la Casa del Dolor.
Suya es la Mano que crea.
Suya es la Mano que hiere.
Suya es la Mano que cura.

Y así, toda otra larga sarta de palabras —en su mayoría incomprensibles para mí— sobre Él, quienquiera que fuese él. Podría haber supuesto que se trataba de un sueño, pero nunca antes había escuchado un canto en un sueño.

> *Suyo es el rayo cegador* —continuamos—.
> *Suyo el profundo mar salado.*

Se me ocurrió entonces la terrible idea de que Moreau, tras animalizar a aquellos hombres, había infectado sus pequeños cerebros con una especie de deificación de sí mismo. Sin embargo, la conciencia de los dientes blancos y las poderosas garras que me rodeaban era demasiado intensa para dejar de cantar.

> *Suyas son las estrellas del cielo.*

Finalmente el cántico terminó. La cara del Hombre-Mono brillaba de sudor y, ahora que mis ojos ya se habían acostumbrado a la oscuridad, aprecié más claramente el bulto informe del rincón, de donde venía la voz. Era del tamaño de un hombre, pero parecía cubierto de pelo gris, como un skye-terrier. ¿Qué era aquello? ¿Qué eran todos ellos? Imagínenme allí, rodeado por las criaturas más horribles, tullidas y fanáticas que quepa concebir, y comprenderán cómo me sentía entre todas aquellas grotescas caricaturas de seres humanos.

—¡Es un hombre de cinco dedos, de cinco dedos, de cinco dedos... como yo! —exclamó el Hombre-Mono.

Extendí las manos. La criatura gris que se encontraba en el rincón se inclinó hacia adelante.

—No caminarás a cuatro patas; esa es la Ley. ¿Acaso no somos hombres? —dijo.

Y, sacando una zarpa extrañamente deformada, tomó mi mano y agarró cada uno de mis dedos. Era como la pezuña de un ciervo transformada en garra. Estuve a punto de gritar de sorpresa y dolor. Acercó la cabeza para escrutarme las uñas, bajo la luz que entraba por la abertura de la guarida. Entonces, con un escalofrío de asco, vi que su cara no se parecía a la de un hombre, ni a la de una bestia; no era más que una masa de pelo gris, con tres confusas marcas más oscuras que indicaban la posición de la boca y los ojos.

—Tiene uñas pequeñas —dijo la espantosa criatura—. Está bien.

Me soltó la mano y yo me aferré instintivamente a la estaca con más fuerza.

—Come raíces y hierbas del bosque. Es Su voluntad —dijo el Hombre-Mono.

—Yo soy el Recitador de la Ley —replicó la figura gris—. Aquí vienen todos los nuevos para aprender la Ley. Me siento en la oscuridad y recito la Ley.

—Así es —añadió una de las bestias desde la puerta.

—Terrible es el castigo para quienes quebrantan la Ley. No hay escapatoria.

—No hay escapatoria —repitió la multitud de Salvajes en coro, lanzándose miradas furtivas los unos a los otros.

—No hay, no hay —repitió el Hombre-Mono—. No

hay escapatoria. ¡Mira! Una vez hice algo malo, algo sin importancia. Dejé de hablar y empecé a chapurrear. Nadie me entendía. Y me quemaron, me marcaron la mano con un hierro candente. ¡Él es grande, Él es bueno!

—No hay escapatoria —proclamó la criatura del rincón.

—No hay escapatoria —repitieron las bestias, mirándose de reojo.

—Porque todos deseamos el mal —continuó el recitador de la Ley—. No sabemos lo que tú deseas. Pero lo sabremos. Algunos quieren perseguir a las cosas que se mueven; acechar y atacar; matar y morder; morder profundamente y succionar la sangre... Eso está mal. No cazarás a otros hombres; esa es la Ley. ¿Acaso no somos Hombres? No comerás carne o pescado; esa es la ley. ¿Acaso no somos hombres?

—No hay escapatoria —respondió una bestia moteada desde la puerta.

—Porque todos deseamos el mal —dijo el gris Recitador de la Ley—. Algunos arrancan las raíces con manos y dientes, husmean por el suelo... Eso está mal.

—No hay escapatoria —respondieron los hombres desde la puerta.

—Algunos clavan las garras en los árboles; otros escarban en las tumbas de los muertos; algunos pelean con frentes o pies o con garras; algunos muerden de pronto sin que nadie les provoque; algunos aman la suciedad.

—No hay escapatoria —dijo el Hombre-Mono, rascándose la pantorrilla.

—No hay escapatoria —repitió el Perezoso rosado.

—Severo y cierto es el castigo; así pues, ¡aprende la Ley! Repite estas palabras —y, sin poderse contener, inició de nuevo la extraña letanía, y todos comenzamos a cantar y a movernos al compás. La cabeza me daba vueltas a causa del parloteo y el terrible hedor del lugar, pero seguí adelante, con la esperanza de que en algún momento la situación cambiara a mi favor.

—No caminarás a cuatro patas. Esa es la Ley. ¿Acaso no somos Hombres?

Hacíamos tanto ruido que no advertí la agitación del exterior hasta que alguien —según creí uno de los Hombres-Cerdo a los que había visto anteriormente— asomó la cabeza por encima de la criatura rosada parecida a un perezoso y gritó algo, con gran agitación, algo que no logré entender. Todos los que se encontraban a la entrada de la cabaña desaparecieron al instante. Mi Hombre-Mono salió corriendo precipitadamente, seguido por la cosa que había estado sentada en la oscuridad —vi entonces que era grande y torpe y estaba cubierto de pelo plateado— y me dejaron solo. Antes de llegar a la salida pude distinguir el aullido de uno de los sabuesos.

Al instante me encontré fuera de la casucha, con la estaca en la mano, sosteniéndola fuertemente y temblando hasta la última fibra de mi cuerpo. Tenía ante mí las torpes espaldas de casi una veintena de bestias, sus cabezas deformes medio hundidas entre los omóplatos. Todos gesticulaban con visible agitación. Otros rostros semi-animales salían de las cabañas con expresión interrogante. Al mirar hacia donde ellos miraban divisé, entre la neblina condensada bajo los árboles que se alzaban al final del pasadizo, la figura oscura y el horrible rostro blanco de Moreau. Llevaba consigo a uno de los sabuesos olfateando y babeando, e inmediatamente detrás venía Montgomery, con su revólver en la mano.

Quedé un instante paralizado por el miedo. Di media vuelta y vi que otra bestia enorme, de cara gris y ojos pequeños y brillantes, avanzaba hacia mí. A mi derecha, a unos diez metros, descubrí un estrecho agujero en la pared de la roca por el que se filtraba un rayo de luz.

—¡Alto! —gritó Moreau mientras me acercaba hacia la grieta a grandes zancadas. Después se escuchó—: ¡Que alguien lo detenga!

Entonces, uno tras otro, todos los rostros se volvieron hacia mí. Por fortuna, sus mentes animales eran muy lentas y por unos instantes se vieron los unos a los otros. Arremetí con el hombro contra un torpe monstruo que se volvía para comprender a qué se refería Moreau, y lo lancé de un empujón contra otro de sus compañeros. Sentí cómo unas manos pasaban por encima de mi cabeza intentando agarrarme, pero fallando en el intento. La criatura que se parecía a un perezoso rosado se abalanzó sobre mí, y le clavé la punta de la estaca en su horrible cara. Al instante empecé a trepar por un empinado camino; una especie de chimenea inclinada que salía del barranco. Pude escuchar un aullido a mis espaldas y gritos de «¡Que alguien lo atrape! ¡Que alguien lo detenga!». El monstruo de pelo gris surgió detrás de mí, luchando por meter su voluminoso cuerpo por la pequeña grieta. «¡Vamos, vamos!», gritaban. Trepé por la estrecha hendidura de la roca y fui a dar a la zona cubierta de azufre, situada al oeste del poblado de las bestias.

Aquella brecha en la roca resultó de lo más oportuna para mí, pues el angosto pasadizo que ascendía en pronunciada pendiente debió de obstaculizar el paso a mis perseguidores más próximos. Corrí por el terreno blanco y descendí por una pendiente, entre algunos árboles dispersos, hasta llegar a una explanada cubierta de altas cañas. Luego atravesé una zona de maleza oscura y densa, mullida bajo mis pies. Justo cuando me zambullía entre las cañas, mis primeros perseguidores salieron de la grieta. Durante algunos minutos logré abrirme paso entre la espesa vegetación. El aire no tardó en poblarse de gritos amenazadores a mi alrededor. Podía escuchar la algarabía que hacían mis perseguidores arriba, en la grieta; luego el crujido de las cañas y después el chasquido ocasional de una rama al quebrarse. Algunas de aquellas criaturas rugían como auténticos animales de presa. Hacia la izquierda se escuchaban los aullidos del sabueso. Los gritos de Moreau y Montgomery procedían de la misma dirección. Volteé bruscamente a la derecha. Entonces me pareció escuchar la voz de Montgomery gritándome que escapara y corriera por mi vida.

La tierra legamosa cedía bajo mis pies, pero estaba desesperado y me metí de lleno en ella, abriéndome paso con enorme dificultad, aunque avanzaba entre las altas cañas hundido hasta las rodillas. El ruido de mis perseguidores se había desplazado hacia la izquierda. Tres extraños saltamontes de color rosa, grandes como gatos, aparecieron de repente ante mí, pero al sentir mi presencia huyeron de inmediato. El sendero discurría colina arriba, por un nuevo espacio abierto cubierto por una especie de costra blanca, y volvía a adentrarse en un cañaveral. Más adelante cambiaba de dirección y discurría en paralelo con el borde de otra brecha de abruptas paredes, surgida de repente con inesperada brusquedad, como el foso de un parque inglés. Seguí corriendo con todas mis fuerzas y no vi el precipicio que de pronto apareció ante mí, hasta que me encontré volando por los aires cabeza abajo.

Aterricé de bruces entre un montón de espinos, recibí un fuerte golpe en la cabeza y ambos antebrazos me dolían mucho, logré incorporarme no menos que con una oreja desgarrada y la cara llena de sangre. Había caído en un escarpado barranco —lleno de piedras y espinos y cubierto por una bruma que se deslizaba a mi alrededor en finas franjas— por el que serpenteaba un riachuelo desde cuyo centro salía la bruma. Me sorprendió que hubiese niebla a pleno sol, pero no tenía tiempo para pensar en nada. Torcí a la derecha, siguiendo el curso del riachuelo, con la esperanza de llegar al mar y tener la posibilidad de ahogarme. Poco después descubrí que había perdido la estaca en la caída.

El barranco se estrechaba por momentos, y sin darme cuenta me metí en el arroyo. El agua se encontraba casi al punto de ebullición, así que tuve que salir inmediatamente de un salto. Me di cuenta entonces de que una fina capa de espuma sulfurosa fluía sobre la superficie de la corriente. Casi inmediatamente, el barranco hacía un recodo que revelaba el confuso horizonte azul. El mar, ahora más próximo, reflejaba la luz del sol en un sinfín de destellos. Me costaba respirar y tenía muchísima sed. Podía vislumbrar la muerte cara a cara. Un hilo de sangre tibia resbalaba por el medio de mi cara y corría agradablemente por mis venas. Sentí algo más que un arrebato de júbilo ante la idea de haber despistado a mis perseguidores. Los deseos de morir ahogado se esfumaron de mi mente. Miré hacia el camino por el que había llegado hasta allí.

Agucé el oído. Con la excepción del leve zumbido de los mosquitos y el canto de algunos insectos que saltaban entre los espinos, reinaba la más absoluta calma. Luego pude escuchar a lo lejos el aullido de un perro, el murmullo de una conversación, el chasquido de un látigo y voces que se tornaron más claras y se debilitaron nuevamente. El ruido se alejó corriente arriba y se desvaneció. La caza había concluido por el momento, pero ahora sabía hasta qué punto podía contar con la ayuda de los Salvajes.

XIII
Una negociación

Después de un súbito giro, proseguí mi camino hacia el mar. El riachuelo termal se ensanchaba hasta formar un arenal algo escarpado, pero de muy poca profundidad, se encontraba cubierto de algas y una gran cantidad de cangrejos, y otros bichos de largos cuerpos con múltiples patas saltaban a medida que me abría camino. Caminé hasta la orilla del mar, y allí me sentí a salvo. Tomé un momento para contemplar la verde espesura que había dejado atrás, cortada como por un tajo de humo. Pero, como digo, estaba demasiado agitado y también —algo muy cierto que quizá quienes no conocen el peligro no entiendan— demasiado desesperado para morir.

Entonces pasó por mi mente que aún me quedaba una oportunidad. Mientras Moreau, Montgomery y su multitud de bestias inmundas me perseguían por toda la isla, ¿no podía ir por la costa hasta el recinto, avanzar en paralelo al tiempo que ellos y, una vez allí, arrancar una piedra de la pared, descerrajar la puerta pequeña, trabarla de algún modo y buscar un cuchillo o una pistola o cualquier cosa que me ayudara a hacerles frente una vez regresaran? Aquello era, al precio que fuera, algo que intentar.

Así que, regresé hacia poniente, caminando por la orilla del mar. El sol, ya en el ocaso, me lanzaba a los ojos sus rayos de calor cegador. La apacible marea del Pacífico entraba con suave ondulación. En aquel lugar, la costa se perdía en dirección sur, de tal modo que el sol quedaba a mi derecha. De pronto, a lo lejos, vi frente a mí varias figuras que salían de los arbustos, una detrás de otra: Moreau con su sabueso gris, seguido por Montgomery y otros dos más. Me detuve.

Al verme, empezaron a gesticular y avanzaron hacia mí. Me quedé inmóvil, viendo cómo se acercaban. Los dos Hombres Bestia corrían en cabeza para cerrarme el paso desde los matorrales que había tierra adentro. Montgomery también corría, pero directamente hacia mí. Moreau y los perros los seguían más despacio.

Por fin reaccioné del estado inmóvil en el que me encontraba y, proseguí mi caminata hacia el mar, en dirección al agua. Al principio apenas me cubría. Tuve que alejarme más de veinte metros para que el agua me llegara a la cintura. Podía ver como las criaturas marinas se apartaban a mi paso.

—¿Qué hace? —gritó Montgomery.

Con el agua por la cintura me di la vuelta y los miré. Montgomery jadeaba en la orilla. Tenía el rostro congestionado por el esfuerzo y el largo pelo rubio alborotado. El labio inferior caído revelaba unos dientes muy desiguales. Después llegó Moreau, con el rostro blanco e impasible y el gran perro gris —que no cesaba de ladrarme— sujeto con una mano. Los dos llevaban sendos látigos. Un poco más lejos estaban los dos hombres bestia.

—¿Qué hago? Voy a ahogarme —respondí.

Montgomery y Moreau se miraron.

—¿Por qué? —preguntó Moreau.

—Porque es mejor que ser torturado por ustedes.

—Te lo dije —intervino Montgomery, y Moreau contestó algo en voz baja.

—¿Qué le hace pensar que voy a torturarlo? —continuó Moreau.

—Lo que he visto —respondí—. Y esos de ahí.

—¡Cállese! —dijo Moreau, y levantó su mano.

—No pienso callarme —grité yo—. Antes eran hombres. Pero, ¿qué son ahora? Al menos mi destino no será terminar como ellos.

Miré a mis interlocutores. Un poco más allá se encontraba M'ling, el ayudante de Montgomery, con uno de los hombres que iban en el bote. Y más arriba, a la sombra de los árboles, vi a mi pequeño Hombre-Mono junto a otras figuras en el fondo, pero estaban borrosas.

—¿Quiénes son esas criaturas? —dije señalando hacia ellas y alzando cada vez más el tono de voz para que todos me oyeran—. Es claro que antes eran hombres, hombres como nosotros; hombres a los que ha infectado con una sustancia bestial, hombres a los que ha esclavizado y convertido en monstruos y a los que todavía teme.

—¡Todos ustedes que pueden escuchar mis palabras! —grité señalando a Moreau, para que los Monstruos pudieran escucharme—. ¡Todos los que pueden escuchar mis palabras! ¿No se dan cuenta de que estos hombres todavía les temen, sienten pavor de todos ustedes? ¿Por qué les tienen miedo a ellos? Ustedes son muchos.

—¡Por Dios —exclamó Montgomery—, Prendick, cállese!

—¡Prendick! —gritó Moreau.

Se pusieron a gritar los dos al tiempo, como si quisieran ahogar mi voz. Detrás de ellos, los sombríos rostros de los Salvajes nos miraban fijamente, atónitos y maravillados, sus manos deformes colgando y los hombros encorvados. Parecía —al menos eso pensé— que intentaban comprenderme, recordar algo de su pasado humano.

Continué gritando. Apenas recuerdo lo que decía. Que podían matar a Moreau y a Montgomery, que no debían temerles. De estas y otras ideas, para mi perdición, llené la cabeza de las bestias. El hombre de ojos verdes y vestido con harapos oscuros al que había conocido la tarde de mi llegada salió de entre los árboles, seguido de otros, imagino que para poder escuchar mejor mis palabras. Por fin me detuve para tomar aliento.

—Escúcheme un momento —dijo Moreau con voz firme—, y luego diga todo lo que quiera.

—De acuerdo —respondí.

—¡Latín, Prendick! ¡Mal latín! ¡Latín de colegial! Pero intente comprenderlo:

"Hi non sunt homines, sunt animalia
qui nos habemus...[6] viviseccionado"

—Un proceso de transformación en seres humanos. Venga a la orilla y se lo explicaré mejor.

—¡Esa sí que es una bonita historia! —dije, riéndome—. Hablan, construyen casas y cocinan. Eran hombres. Es probable que me acerque a la orilla.

—Un poco más lejos de donde se encuentra ahora el agua es profunda y está llena de tiburones.

—Eso es lo que quiero —respondí—, algo súbito y rápido.

—Espere un momento —dijo. Se sacó un objeto bri-

---

6   «No son hombres, son animales que hemos...» (En latín en el original) Aunque en el texto aparece «qui», debería decir «quae».

llante del bolsillo y lo dejó caer a sus pies—. Es un revólver cargado. Montgomery hará lo mismo con el suyo. Ahora subiremos por la playa hasta donde usted diga. Cuando estemos lejos, venga y recoja los revólveres.

—¡No lo haré! Tiene otro revólver —dije yo.

—Quiero que reflexione, Prendick. En primer lugar, nunca lo invité a venir a esta isla. En segundo lugar, si practicáramos la vivisección en seres humanos, importaríamos hombre y no bestias a la isla. Además, anoche lo sedamos, si hubiéramos querido hacer algo, habríamos podido; y, en tercer lugar, ahora que ya ha pasado el momento de pánico y se encuentra más calmado, puede pensar un poco. Por favor dígame, ¿cree sinceramente que Montgomery es tan malo como usted imagina? Lo hemos seguido por su bien. Porque la isla está llena de fenómenos hostiles. ¿Por qué íbamos a dispararle si usted mismo se ha ofrecido a ahogarse?

—¿Por qué envió a su gente por mí cuando estaba en la cabaña? —le pregunté.

—Estábamos seguros de que lo alcanzaríamos y lo pondríamos a salvo. Luego, por su bien, abandonamos la búsqueda.

Medité durante un rato. Parecía posible. Posteriormente recordé algo.

—Pero yo vi —dije yo— en el recinto...

—Era el puma —dijo Moreau.

—Mire, Prendick —comenzó Montgomery—, es usted un perfecto idiota. Salga del agua, coja los revólveres y hablemos. No podríamos hacerle nada más de lo que le estamos haciendo en este momento.

Debo confesar que siempre desconfié de Moreau, le tenía miedo. Sin embargo, Montgomery era un hombre que me inspiraba confianza y al que podía entender.

—Suban por la playa —exclamé, después de pensarlo un rato—, y caminen con las manos arriba.

—No podemos hacer eso —explicó Montgomery con un ilustrativo movimiento de hombros—. Sería poco digno.

—Entonces, súbanse a los árboles, si lo prefieren —respondí.

—¡Qué estúpida ceremonia! —continuó Montgomery.

Al darse la vuelta se encontraron con seis o siete grotescas criaturas que, a pesar de estar allí, bajo el sol, proyectando sus sombras y moviéndose, resultaban increíblemente irreales. Montgomery chasqueó el látigo ante ellas, y corrieron a refugiarse entre los árboles. Cuando Montgomery y Moreau se encontraban a una distancia que juzgué prudencial, salí del agua, recogí del piso los revólveres y los examiné. Para convencerme de que no se trataba de un truco, disparé a un trozo de lava redondo y tuve la satisfacción de contemplar cómo la piedra se pulverizaba y la playa se llenaba de lascas. Aún así vacilé un instante.

—Asumiré el riesgo —dije al fin. Y con un revólver en cada mano subí por la playa hacia ellos.

—Eso está mejor —dijo Moreau, con total sinceridad—. Su alterada imaginación me ha hecho perder la mejor parte del día.

Y con un aire de desprecio que me resultó humillante,

Moreau y Montgomery se volvieron y echaron a andar delante de mí.

El grupo de bestias que aún merodeaba por allí volvió a esconderse entre los árboles. Pasé junto a ellos con la mayor serenidad posible. Uno de ellos comenzó a seguirme, pero retrocedió enseguida cuando Montgomery restalló el látigo. El resto permaneció en silencio, observándonos. Cabe la posibilidad de que antes fuesen animales, pero nunca antes en mi vida había visto a un animal intentando pensar.

XIV
EL DOCTOR MOREAU SE EXPLICA

—Ha llegado el momento, Prendick, le voy a explicar todo —dijo el doctor Moreau tan pronto comimos y bebimos—. Debo confesar que es el invitado más dictatorial de cuantos he tenido. Le advierto que este es el último favor que le hago. La próxima vez que amenace con suicidarse no haré nada por evitarlo, aunque salga perjudicado.

Se sentó en mi hamaca con un cigarro a medio consumir entre los hábiles y blancos dedos. La luz de la oscilante lámpara le caía de lleno sobre el pelo blanco, mientras miraba las estrellas por la ventana. Me senté lo más lejos posible, con la mesa por medio y los revólveres a mano. Montgomery no estaba presente. No me apetecía estar con los dos en una habitación tan pequeña.

—¿Admite que ese ser humano viviseccionado, como usted lo llama, no es más que el puma? —dijo Moreau. Me había llevado a visitar el horror del cuarto interior para que me asegurase de que no era un ser humano.

—Es el puma —asentí—, que aún está vivo, pero tan lleno de cortes y mutilado como espero no volver a ver jamás a ningún ser vivo. De todas las vilezas...

—Eso no tiene importancia —me interrumpió Moreau—. Ahórreme al menos esos terrores juveniles. Montgomery era igual que usted. Pero admite que se trata del puma. Ahora, guarde silencio mientras pronuncio mi lección de fisiología.

Y entonces, en un tono soberanamente aburrido, que poco a poco se fue animando, comenzó a explicarme su trabajo. Fue claro y convincente. De vez en cuando ponía en su voz una nota sarcástica. Lo cierto es que sentí vergüenza de la situación en la que nos encontrábamos los dos en ese momento.

Las criaturas que había visto no eran hombres; nunca lo habían sido. Eran animales, animales humanizados, fruto de la vivisección.

—Usted olvida lo que un buen vivisector puede hacer con los seres vivos —dijo Moreau—. Por mi parte, no acabo de entender por qué nadie ha intentado lo que yo he hecho aquí. Claro que se han hecho algunos intentos: amputación, incisión de lengua, extirpaciones. Sin duda sabrá que el estrabismo puede mejorar o curarse con cirugía. También sabrá que, en el caso de las extirpaciones, se producen toda clase de cambios secundarios, alteraciones del comportamiento habitual, alteraciones en la secreción de tejido adiposo... Seguro que ha oído hablar de estas cosas.

—Claro que sí —dije—. Pero esas horribles criaturas suyas...

—Cada cosa a su tiempo —interrumpió, haciendo un movimiento con la mano—. Solo estoy empezando. Lo que usted ha visto son casos de alteración sin importancia. La cirugía es capaz de obtener resultados mucho mejores. Puede crear, además de destruir y transformar. Quizá haya escuchado hablar de una intervención quirúrgica muy corriente a la que se recurre para reparar una nariz rota. Consiste en cortar tejido de la frente, añadirlo a la nariz y dejarlo cicatrizar en su nueva posición. Es como una especie de injerto de una parte del animal en otra. Injertar material recién obtenido de otro animal también es posible... Es el caso de los dientes, por ejemplo. El injerto de piel y hueso se realiza para facilitar la cicatrización. El cirujano coloca en el centro de la herida tiras de piel de otro animal, o fragmentos de hueso de una víctima recién sacrificada. El espolón del gallo de Hunter[7] (puede que haya escuchado hablar de ello) es perfecto para el cuello del toro. Y también son dignas de mención las ratas rinocerontes de los zuavos argelinos[8]. Son monstruos creados añadiéndole al ho-

---

7   Puede tratarse de William Hunter (1718-1783), médico británico autor de una *Anatomía del útero grávido*, muy importante por su riqueza iconográfica, o de su hermano John (1738-1793), famoso cirujano que reunió la mejor colección de historia natural de su tiempo.

8   Soldados pertenecientes a un cuerpo de infantería del ejército francés en África.

cico de una rata ordinaria un trozo de su propia cola y dejándolo cicatrizar en esa posición.

—Monstruos creados —repetí yo—. Entonces quiere decir que...

—Sí. Las criaturas que usted ha visto son animales viviseccionados y vueltos a esculpir para darles nuevas formas. A ello, al estudio de la plasticidad de las formas vivas, he dedicado mi vida. He estudiado durante años y mis conocimientos han aumentado poco a poco. Veo que está usted horrorizado y, sin embargo, no le estoy diciendo nada nuevo. Todo estaba ya en la anatomía práctica hace ya años, pero nadie se atrevió a intentarlo. No es solo la forma exterior de un animal lo que puedo transformar. La fisiología, los procesos químicos de la criatura, también pueden ser susceptibles a una transformación duradera, muestra de lo cual son las vacunas y otros métodos de inoculación con materia viva o muerta, que sin duda le serán familiares. Otra operación similar es la transfusión de sangre, asunto con el que inicié mis investigaciones. Estos son todos los casos conocidos. Otros no tan conocidos, y quizá mucho más abundantes, fueron las operaciones de aquellos médicos medievales que fabricaban enanos, mendigos tullidos y monstruos de circo, de cuya técnica aún se conservan ciertos vestigios en la manipulación preliminar del joven saltimbanqui o contorsionista. Victor Hugo habla de ello en *El hombre que ríe...* Pero quizá mi propósito es ahora más completo. ¿Se va dando cuenta de que es posible trasplantar el tejido de una parte del animal a otra, o de un animal a otro, alterar sus reacciones químicas y su crecimiento, modificar las articulaciones de sus extremidades e incluso transformar su estructura más íntima?

»Y, sin embargo, esta extraordinaria rama del conocimiento nunca había sido tratada como un fin ni de manera sistemática por los investigadores modernos, hasta que yo me dediqué a ello. La cirugía ha llegado a cosas parecidas en última instancia; la mayoría de los hechos similares, que yo recuerde, han sido demostrados, digamos, por accidente; por tiranos, criminales, criadores de caballos y de perros y toda clase de hombres torpes e incompetentes que trabajaban para sus propios fines inmediatos. Yo fui el primer hombre que abordó la cuestión utilizando la cirugía antiséptica y con un conocimiento realmente científico de las leyes del crecimiento. No obstante, cabe imaginar que este tipo de cirugía se haya practicado antes clandestinamente. Criaturas como los hermanos siameses, por nombrar algunos... Y en las criptas de la Inquisición. No cabe duda de que su objetivo no era sino el arte de la tortura, pero al menos algunos de los inquisidores debieron tener un mínimo de curiosidad científica».

—Pero estas cosas —dije yo—, estos animales hablan.

Él dijo que así era y procedió a señalar que las posibilidades de la vivisección no terminan en la simple metamorfosis física. A un cerdo se le puede educar, por ejemplo. La estructura mental es aún menos determinada que la corporal. La ciencia del hipnotismo, cada vez más cultivada, parece apuntar a la posibilidad de sustituir viejos instintos inherentes por sensaciones nuevas. De hecho, gran parte de lo que llamamos educación moral es una transformación artificial y una perversión del instinto semejante a las obtenidas bajo hipnosis; la belicosidad se domestica y se convierte en valeroso instinto de sacrificio, mientras que la sexualidad reprimida se transforma en emoción religiosa. Y la gran diferencia entre el hombre y el mono reside en la laringe, según dijo, en la incapacidad para pronunciar con delicadeza diferentes símbolos sonoros que actúan como soporte del pensamiento. En este tema en particular no estuve de acuerdo con él, pero, no sin cierta descortesía, hizo caso omiso de mi objeción. Insistió en que era así y continuó con el relato de sus trabajos.

Le pregunté por qué había tomado como modelo al ser humano. Entonces me pareció, y aún hoy me sigue pareciendo, que aquella elección encerraba una extraña perversidad.

Confesó que todo había sido fruto de la casualidad.

—También habría podido dedicarme a convertir ovejas en llamas y llamas en ovejas. Supongo que la figura humana tiene algo que atrae al espíritu artístico más que cualquier otra forma animal. Pero no me he limitado a la creación humana. En un par de ocasiones... —se quedó callado, casi durante un minuto—. ¡Estos años! ¡Cómo han pasado! Hoy he perdido todo un día para salvarle a usted la vida, y ahora estoy perdiendo una hora explicándome.

—Pero —dije yo—, sigo sin comprender. ¿Cómo puede justificar el dolor que causa? Lo único que a mi entender podría excusar la vivisección sería alguna aplicación...

—Precisamente —interrumpió—. Pero yo soy diferente. Partimos de bases diferentes. Usted es materialista.

—Yo no soy materialista —comencé a decir acaloradamente.

—Para mí, sí. Porque es precisamente la cuestión del dolor lo que nos divide. Desde el momento en que la visión o la audición del dolor le pone enfermo, desde el momento en que su propio dolor le arrastra, desde el momento en que el dolor es la razón fundamental de sus premisas sobre el pecado, desde ese momento, es usted un animal; un animal que piensa, con un poco más de claridad, lo que un animal simplemente siente. Ese dolor....

Ante aquella falacia, me encogí de hombros con impaciencia.

—¡Pero eso es una pequeñez! Una mente realmente abierta a las enseñanzas de la ciencia debe comprender que es insignificante —dijo—. Puede ser que, salvo en este pequeño planeta, en esta partícula de polvo cósmico que desaparecerá mucho antes de que podamos alcanzar la estrella más próxima, puede ser, digo, que en ningún otro lugar exista eso que llamamos dolor. Pero las leyes hacia las que caminamos a tientas... ¿Por qué existe el dolor, en esta tierra, entre los seres vivos?

Mientras hablaba, se sacó del bolsillo una pequeña navaja, la abrió y movió la silla para mostrarme el muslo. Luego, escogiendo deliberadamente un lugar adecuado, hundió la hoja en la pierna y la sacó inmediatamente.

—Sin duda, ya habrá visto esto antes —agregó—. Duele menos que un pinchazo de alfiler. Pero, ¿qué demuestra? La capacidad de sentir dolor no le es necesaria al músculo, y por lo tanto no existe; solo se necesita hasta cierto punto en la piel, y solo determinadas zonas del muslo son capaces de percibir el dolor. El dolor no es más que un consejero médico que nos informa y estimula. No toda la materia viva es capaz de sentir dolor, ni todo nervio, ni siquiera todos los nervios sensoriales. No hay el menor atisbo de dolor, de auténtico dolor, en las sensaciones del nervio óptico. Cuando el nervio óptico es herido, lo único que ve son destellos de luz, del mismo modo que una enfermedad del nervio auditivo no produce más que un ligero zumbido en los oídos. Las plantas no sienten dolor; los animales inferiores, animales como la estrella de mar o el cangrejo de río, es posible que no sientan dolor. Sin embargo, los hombres, cuanto más inteligentes son, más velan por su propio bienestar y tanto menos necesitan ese estímulo que los preserva del peligro. Jamás he escuchado hablar de algo inútil que, antes o después, la evolución no haya desterrado de la existencia. ¿Y usted? Y el dolor no es necesario.

»Además, soy un hombre muy religioso, Prendick, como ha de ser todo hombre en su sano juicio. Puede que yo crea haber visto más caminos del Creador que usted, porque he seguido Sus leyes, a "mi manera", durante toda mi vida, mientras que usted, según tengo entendido, se ha dedicado a coleccionar mariposas. Y le aseguro que el placer y el dolor no tienen nada que ver con el cielo o el infierno. ¡Placer y dolor! ¿Qué son sus éxtasis teológicos sino las huríes[9] de Mahoma, pero en la oscuridad? Esta reserva de hombres y mujeres agredidos por el dolor y el placer, Prendick, llevan la marca de la bestia, la marca de la bestia de la cual proceden. ¡Dolor! El dolor y el placer serán para nosotros una característica solo mientras nos movamos entre el polvo...

»Como ya se habrá dado cuenta, he llevado a cabo esta investigación siguiendo el curso natural de las cosas. Es el único modo, que yo sepa, en que se puede realizar una investigación. Hice una pregunta, ideé un procedimiento para obtener una respuesta, y el resultado fue una nueva pregunta. ¿Será posible esto o será posible aquello? No se imagina lo que esto significa para un investigador, la pasión intelectual que crece en él. ¡No se imagina el extraño deleite que estos deseos intelectuales producen! Lo que uno tiene ante sí deja de ser un animal, un semejante, para convertirse en un problema. ¡Dolor simpático! Todo cuanto sé de él lo recuerdo como algo que yo mismo sufría hace años. Yo deseaba, entonces no deseaba nada más, descubrir el límite de la plasticidad de una forma viviente.

—Pero... —dije yo—, eso es una aberración.

—Hasta ahora nunca me habían preocupado los aspectos éticos de la cuestión —prosiguió con la explicación—, el estudio de la Naturaleza vuelve al hombre tan cruel como la propia Naturaleza. Yo he seguido adelante sin tener en cuenta nada más que la cuestión que per-

---

9   Nombre aplicado por los musulmanes a las mujeres hermosas que existen en su paraíso.

seguía, y el material ha ido... acumulándose en el interior de esas cabañas... Hace casi once años que llegamos aquí, Montgomery, yo y seis canacas[10]. Recuerdo como si fuera ayer la verde quietud de la isla y el océano vacío a nuestro alrededor. Parecía que el lugar me estaba esperando.

»Desembarcamos las provisiones y construimos la casa. Los canacas edificaron unas chozas cerca del barranco. Yo empecé a trabajar aquí con lo que había traído. Al principio me ocurrieron un par de cosas desagradables. Comencé con una oveja y la maté al cabo de un día por un desliz del escalpelo; cogí otra oveja y la dejé atada hasta que cicatrizó. En el momento de terminar el trabajo me pareció bastante humana, pero cuando volví a verla me sentí decepcionado; se me parecía mucho y estaba aterrorizada, y eso que solo tenía la inteligencia de una oveja. Cuanto más la miraba más torpe me parecía, hasta que al final decidí liberar al monstruo de su dolor. Estos animales sin valor, estos bichos obsesionados por el miedo y movidos por el dolor, sin siquiera una chispa de espíritu de lucha para hacer frente al tormento, no sirven para crear un ser humano.

»Luego lo intenté con un gorila y, trabajando con infinito cuidado y venciendo dificultad tras dificultad, obtuve mi primer hombre. Lo modelé durante toda una semana, trabajando día y noche. En su caso, lo principal era el cerebro: había mucho que añadir, mucho que cambiar. Una vez lo hube terminado y lo vi tendido ante mí, vendado e inmóvil, me pareció un ejemplar co-

10   Raza nativa de Oceanía o de las islas del Pacífico.

rriente del negroide estándar. Cuando tuve la completa seguridad de que viviría, lo dejé solo, y al volver a la habitación encontré a Montgomery en un estado parecido al suyo. Había escuchado algunos gritos de esos que tanto le molestaron a usted. Al principio no confiaba en él plenamente. Los canacas también se dieron cuenta de que algo raro estaba pasando. Mi presencia les producía pánico. Conseguí vencer la resistencia de Montgomery, pero lo más difícil para ambos fue lograr que los canacas no nos abandonaran. Finalmente lo hicieron, y por eso perdimos el yate. Pasé muchos días educando a la bestia (ya hacía tres o cuatro meses que la tenía). Le enseñé los rudimentos de la lengua inglesa, ciertas nociones de cálculo e incluso conseguí que leyese el alfabeto. Pero su aprendizaje fue muy lento, aunque me había topado con idiotas aún mayores. En un principio su mente era como una hoja en blanco; no recordaba lo que había sido en el pasado. Cuando se le curaron las cicatrices solo le quedó algo de dolor y cierto envaramiento; era capaz de conversar un poco, y lo llevé a conocer a los canacas como un polizón interesante.

»Al principio le tenían un miedo espantoso, y la verdad que eso me ofendía mucho, porque yo me sentía orgulloso de él, pero parecía tan manso y era tan humilde que acabaron aceptándolo y ocupándose de su educación. Aprendía deprisa; era mimético y adaptable, y se construyó una especie de choza, a mi juicio, mejor que los demás del poblado. Había entre aquellos muchachos una especie de misionero que le enseñó a leer, o al menos a deletrear, y le inculcó ciertos conceptos morales básicos. Pero, al parecer, las costumbres de la bestia dejaban mucho que desear.

»Después de todo aquello me tomé unos días de descanso y, aprovechando un estado de ánimo favorable, me dispuse a escribir un informe sobre el asunto para despertar a la fisiología inglesa. Luego me encontré a la criatura agazapada en lo alto de un árbol y parloteando con dos canacas que habían estado molestándolo. Lo amenacé, le dije que su proceder era inhumano, desperté en él un sentimiento de vergüenza y volví aquí dispuesto a mejorar los resultados de mi trabajo antes de presentarlos en Inglaterra. Y los he mejorado, pero, en cierto sentido, se está produciendo un retroceso: las manifestaciones de rebeldía crecen día a día... Mi deseo es crear cosas mejores. Quiero conseguirlo. El puma...

»En fin, esta es la historia. Todos los canacas han muerto. Uno cayó por la borda de la lancha y otro murió al pisar una planta venenosa con una herida que tenía en el talón. Tres huyeron en una canoa y, supongo y así lo espero, se ahogaron. Al otro... lo mataron. Pero los he sustituido. Al principio, Montgomery no estaba dispuesto a hacer nada...».

—¿Qué fue del último? —pregunté con brusquedad—. ¿Cómo murió?

—Lo cierto es que, tras hacer varias criaturas humanas, creé algo... —dijo dudando.

—¿Sí? —dije.

—Lo mataron —respondió.

—No comprendo —dije—, quiere decir que...

—Mató al canaca, sí —repuso bruscamente—. Y mató

también a otras criaturas que consiguió atrapar. La persecución se extendió a lo largo de dos días. Su escape fue producto de pura casualidad. Yo no tenía la menor intención de dejarlo en libertad. La verdad es que no estaba terminado. No era más que un experimento. Era una cosa sin brazos ni piernas, de rostro horrible, que se arrastraba por el suelo como una serpiente. Poseía una fuerza increíble y estaba enfurecido y cegado por el dolor. Se desplazaba girando sobre sí mismo, como una marsopa. Permaneció varios días escondido en la selva, haciendo daño a todo el que se cruzaba en su camino, hasta que fuimos capaces de encontrarlo. Entonces se dirigió hacia el norte de la isla y el grupo se dividió para cercarlo y dejarle sin escapatoria. Montgomery llevaba consigo un rifle de caza e insistió en venir conmigo para batir a la criatura, cuando lo encontramos, disparó contra él... Después de aquello me ceñí al ideal humano, salvo en asuntos de poca monta.

Se quedó en silencio. Yo lo miraba sin decir nada.

—Desde hace ya veinte años (contando los nueve que pasé en Inglaterra) he seguido adelante con mi trabajo, y todavía hay algo en todo lo que hago que me decepciona, algo que me deja insatisfecho, que me desafía a seguir intentándolo. A veces me supero, otras no lo consigo, pero siempre me quedo muy lejos de alcanzar mi sueño. La forma humana que ahora obtengo con relativa facilidad es ágil y graciosa, o corpulenta y fuerte, pero suelo tener problemas con las manos y con las garras, partes muy dolorosas que no me atrevo a modelar con libertad. Sin embargo, es la sutil tarea de reorganización del cerebro donde reside mi preocupación principal. La inteligencia de mis criaturas es increíblemente escasa, presenta innumerables fallos y lagunas inesperadas. Pero lo más insatisfactorio de todo es algo que no logro descubrir, algo que reside en el control de las emociones, pero que no sé exactamente dónde se encuentra. Anhelos, los deseos sexuales, otros instintos, avideces de hacer daño a la humanidad, una extraña reserva oculta que estalla de pronto y llena a la criatura de ira, de un gran odio o de un terrible temor. Mis criaturas le parecieron a usted, desde el primer momento, extrañas y misteriosas. Sin embargo, a mí, justo después de hacerlas, me parecen seres indiscutiblemente humanos. Luego, cuando los observo, esa convicción se desvanece. Primero un rasgo animal, luego otro, afloran a la superficie y me observan atentamente... Pero lo conseguiré. Cada vez que sumerjo a un ser vivo en las ardientes aguas del dolor me digo: "Esta vez acabaré por completo con el animal, esta vez haré una criatura racional de mi propia invención". Al fin y al cabo, ¿qué son diez años? El hombre lleva cien mil en la creación.

Se quedó pensativo.

—Pero me estoy acercando —repuso—. Mi puma... —Y, tras un silencio, añadió—: Vuelven a sus orígenes. En cuanto aparto mi mano de ellos, la bestia comienza a deslizarse sigilosamente, a afirmarse de nuevo...

Hubo otro largo silencio.

—Entonces, ¿los encierra en esas guaridas? —pregunté.

—Son ellos quienes se marchan —dijo—. Los echo

cuando empiezo a descubrir en ellos al animal, y lo cierto es que se van allí. Le tienen temor a esta casa y por supuesto me temen a mí. Lo que hay allí es una especie de parodia de la humanidad. Montgomery está al corriente de todo lo que ocurre. Ha educado a un par de los salvajes para que nos sirvan de la mejor manera posible. Sé que se avergüenza de ello, pero creo que ha llegado a tomar cierto cariño a algunas de estas bestias. Es asunto suyo. A mí me producen una terrible sensación de fracaso. No me intereso por ellas. Supongo que siguen las directrices del misionero canaca y llevan un remedo de vida racional, ¡pobres bestias! Hay algo a lo que llaman la Ley. Cantan himnos, construyen sus propias guaridas, recogen fruta de los árboles y arrancan hierbas; incluso algunos de ellos llegan a casarse. Pero yo veo más allá de todo esto, veo el interior de sus almas y solo encuentro el alma de las bestias, bestias perecederas, su cólera y el deseo de vivir y satisfacerse a sí mismas... Y, sin embargo, son extrañas, complejas, como todo ser vivo. Hay una especie de creciente rivalidad en ellas, parte vanidad, parte instinto sexual inútil, parte curiosidad inútil. El resultado para mí es vana burla. Tengo esperanzas en ese puma, he trabajado intensamente en su cabeza y en su cerebro...

—Y ahora —continuó, poniéndose en pie tras un largo silencio durante el cual cada uno se sumió en sus propios pensamientos—, ¿cuál es su opinión? ¿Todavía me tiene miedo?

Me quedé detallándolo un buen rato y solo vi a un hombre de pelo blanco, de rostro pálido y de mirada tranquila.

Si no fuera por su serenidad, por ese toque casi de belleza que emanaba de su calma, y por su majestuosa figura, podría haber pasado inadvertido entre un centenar de decentes y ancianos caballeros. Entonces me estremecí. A manera de respuesta a su segunda pregunta le tendí un revólver con cada mano.

—Quédeselos —dijo con un bostezo. Se levantó, me miró un instante y sonrió—. Ha tenido usted dos días muy agitados. Le aconsejo que duerma un poco. Me alegro de haber aclarado las cosas. Que tengas muy buenas noches.

Me inspeccionó un momento reflexivamente y se marchó por la puerta interior.

Cerré con llave de inmediato la puerta de fuera. *Regresé a* sentarme y estuve un rato como paralizado, tan agotado emocional, física y mentalmente, que no podía pensar salvo en lo que habíamos hablado. La ventana negra me miraba fijamente como un ojo. *Finalmente*, haciendo un esfuerzo, apagué la lámpara y me tumbé en la hamaca. No pasó mucho tiempo hasta que me quedé profundamente dormido.

XV

SOBRE LOS MONSTRUOS

A la mañana siguiente me levanté muy temprano. La primera cosa que se me vino a la mente fueron las claras y muy concisas explicaciones de Moreau. Me levanté de la hamaca y me acerqué a la puerta para asegurarme de que esta se encontraba aún cerrada y bajo llave. Luego comprobé el barrote de la ventana y vi que estaba perfectamente asegurado. El hecho de que aquellas criaturas no fueran en realidad más que monstruos salvajes, simples parodias grotescas de la especie humana, me producía una vaga inquietud con respecto a lo que serían capaces de hacer, mucho peor que cualquier terror definido.

Pasado un momento alguien llamó a la puerta, y pude escuchar el empalagoso acento de M'ling. Tomé la precaución de guardar en uno de mis bolsillos el revólver y, sin quitar la mano de él, me preparé para abrir la puerta.

—Muy buenos días, señor —dijo, trayendo, además del acostumbrado desayuno de hierbas, un conejo mal guisado. Montgomery apareció tras él. Captó de inmediato con su mirada la posición de mi brazo y esbozó una débil sonrisa.

Aquel día el puma iba a descansar de su cruel destino, en espera de que cicatrizasen sus heridas, pero Moreau, de costumbres singularmente solitarias, no se unió a nosotros. Hablé con Montgomery para aclarar mis ideas sobre el modo de vida de los Salvajes. Pero, antes que nada, me interesaba saber cómo impedían que los monstruos inhumanos atacasen a Moreau y a Montgomery, o se destrozaran los unos a los otros. Me explicó que su relativa y precaria seguridad residía en la limitada capacidad intelectual de los Monstruos. A pesar de su poca inteligencia y de la tendencia de sus instintos animales a reaparecer en cualquier momento, Moreau había implantado en sus mentes ciertas ideas fijas que limitaban por completo su imaginación. En realidad, estaban hipnotizados, les habían inculcado que ciertas cosas son imposibles y otras están prohibidas, y estas prohibiciones se hallaban implícitas en sus mentes, anulando todo intento de desobediencia o litigio.

Pero la situación no era tan estable en lo relativo a ciertos aspectos en los que el antiguo instinto amenazaba los intereses de Moreau. Una serie de normas a las que llamaban la Ley —y que yo les había escuchado recitar en cánticos— luchaba en sus mentes contra el anhelo, siempre rebelde y profundamente arraigado, de su naturaleza animal. Tanto Montgomery como Moreau mostraban especial interés en impedirles que conocieran el sabor de la sangre. Temían las inevitables consecuencias que este sabor podía provocar.

Montgomery me explicó que la Ley, especialmente entre los Salvajes de origen felino, se debilitaba curiosamente al anochecer y que, en ese momento, el animal cobraba mayor fuerza. El crepúsculo despertaba en ellos el espíritu de aventura y se atrevían entonces a hacer cosas que durante el día ni siquiera habrían soñado. Eso explicaba por qué el Hombre-Leopardo me había estado acechando la noche de mi llegada. Pero durante los primeros días de mi estancia en la isla solo habían quebrantado la Ley a escondidas y después del anochecer; durante el día, el ambiente general era de obediencia a sus múltiples prohibiciones.

Y este es quizá el momento de relatar algunos hechos generales sobre la isla y los Monstruos. La isla, de contorno irregular, se elevaba a poca altura sobre el ancho y vasto mar, y abarcaba una superficie total de unos veinte kilómetros cuadrados aproximadamente[11]. Era de origen volcánico y estaba bordeada en tres de sus lados por arrecifes de coral. Algunas fumarolas hacia el norte y un manantial de agua caliente eran los únicos vestigios de las fuerzas que tiempo atrás la habían originado. De cuando en cuando se dejaba sentir un ligero temblor de tierra y, a veces, la línea ascendente de la espiral de humo se veía acrecentada por bocanadas de vapor. Pero eso era todo. La población de la isla, según me informó Montgomery, ascendía a poco más de sesenta de aquellas extrañas creaciones de Moreau, sin contar con las monstruosidades menores que vivían entre la maleza y carecían de forma humana. En total, había creado casi ciento veinte Monstruos, pero muchos habían muerto, y otros, como aquella cosa retorcida y sin piernas de la que me había hablado, habían encontrado una muerte violenta. En respuesta a mi pregunta, Montgomery dijo que, efectivamente, tenían descendencia, pero que, por lo general, los hijos morían. No había ninguna prueba de que heredasen las características humanas adquiridas por sus progenitores. Cuando vivían, Moreau se los llevaba para imprimir en ellos la forma humana. Los machos eran más numerosos que las hembras y estas se hallaban expuestas a una continua persecución furtiva, a pesar de que la Ley ordenaba la monogamia.

Me resulta imposible describir a los Salvajes con deta-

---

11   Esta descripción corresponde con cada aspecto de la isla de Noble.

lle —no estoy acostumbrado a fijarme en los detalles— y por desgracia no sé dibujar. Quizá lo que más me llamaba la atención en ellos era la desproporción entre las piernas y la longitud de sus troncos, y, aun así —tan relativa es nuestra idea de la elegancia—, terminé por acostumbrarme a sus formas desproporcionadas, e incluso llegué a pensar que mis largos muslos eran desgarbados. Otra característica era la posición de la cabeza, echada hacia adelante, y la torpe e inhumana curvatura de su espina dorsal. Ni siquiera el Hombre-Mono tenía ese hundimiento en la parte inferior de la espalda que tanta gracia confiere a la figura humana. Casi todos eran muy cargados de hombros y los cortos antebrazos les colgaban lánguidamente a ambos lados del cuerpo. Algunos eran muy peludos, al menos hasta el final de mi estancia en la isla.

Otro rasgo evidente de su deformidad se encontraba en las caras, mayoritariamente prognatas, con malformaciones en las orejas, la nariz grande y prominente, el pelo muy abundante o erizado y los ojos de un color extraño o desplazados. Ninguno de ellos podía reír, aunque el Hombre-Mono emitía una especie de chillido, como una risa ahogada. Aparte de estas características generales, sus cabezas poco tenían en común; cada cual conservaba las cualidades propias de su especie: el sello humano deformaba al leopardo, el buey, el cerdo o cualquier otro animal empleado para modelar a la criatura, pero no lograba disimularlo. También sus voces eran extremadamente variadas. Todos tenían las manos malformadas, y aunque algunas me sorprendieron por su inesperada apariencia humana, a casi todas les faltaba algún dedo, eran imperfectas en las uñas y carecían de cualquier sensibilidad táctil.

Las más formidables de estas criaturas eran el Hombre-Leopardo y un monstruo híbrido de hiena y cerdo. De mayor tamaño eran los tres toros que arrastraron el bote hasta la playa. Les seguía el Hombre de Pelo Plateado, que era además el Recitador de la Ley, M'ling, y un cruce de mono y cabra, semejante a un sátiro. Había tres Hombres-Cerdo y una Mujer-Cerdo, una Yegua-Rinoceronte y otras hembras cuyos orígenes no lograba descifrar. Había también algunos Lobos, un Oso-Toro y un Hombre-San Bernardo. Ya he descrito al Hombre-Mono. Y había, además, una vieja particularmente odiosa (y maloliente), mezcla de zorro y osa, que me repugnó desde el primer momento. Al parecer, era muy devota de la Ley. Había otras criaturas de menor tamaño: algunos cachorros moteados y mi pequeño Perezoso rosado. ¡Pero suficiente de catalogación!

Al principio, las bestias me horrorizaban, su animalidad me resultaba demasiado intensa, pero inconscientemente me fui acostumbrando a su presencia y a su apariencia. Además, la actitud de Montgomery también influyó en mí. Había pasado tanto tiempo con ellos que había llegado a considerarlos casi como a seres humanos normales. Sus días de Londres se le antojaban ya un pasado imposible y glorioso. Solamente una vez al año iba a África para negociar con el agente de Moreau, que se dedicaba a la trata de animales exóticos. Apenas se relacionaba con la gente en aquel pueblecito marinero de mulatos españoles. Según me dijo, los hombres del barco le resultaron en un primer momento tan extraños como a mí los Monstruos —de piernas anormalmente largas, de rostros chatos y frentes en exceso prominentes—, además de recelosos, peligrosos y de malos sentimientos. De hecho, los hombres no le gustaban. A mí me había tomado simpatía, pensaba, porque me había salvado la vida. Llegué a pensar que Montgomery sentía un secreto afecto por algunas de aquellas bestias, cierta depravada atracción por algunas de sus costumbres, que inicialmente intentó disimular ante mí.

M'ling, el hombre de rostro pardo, el ayudante de Montgomery, el primero de los Salvajes al que había conocido, no vivía con los demás al otro lado de la isla, sino en una pequeña perrera detrás del recinto. No era tan inteligente como el Hombre-Mono, pero sí mucho más dócil, y era, de todas las bestias, la que tenía un aspecto más humano; además, Montgomery le había enseñado a preparar la comida y a realizar las tareas domésticas habituales y muy básicas. Era un complejo trofeo de la terrible maestría de Moreau —un oso mezclado con perro y buey— y una de sus más logradas creaciones. M'ling profesaba una ternura y una devoción extrañas hacia Montgomery, quien a veces reparaba en él, lo acariciaba, lo llamaba medio en broma, y él se ponía a dar brincos, lleno de alegría; otras veces, en cambio, lo maltrataba —sobre todo cuando había bebido whisky— le daba patadas y le tiraba piedras o tizones encendidos. Pero, ya lo tratara bien o mal, no había para él nada como estar cerca de su amo.

Ya he dicho que llegué a acostumbrarme a los Salvajes, y mil cosas que en un principio me parecieron antinaturales y repulsivas pronto me resultaron naturales y ordinarias. Supongo que todo en esta vida cobra el matiz del color predominante en su entorno; Montgomery y Moreau eran individuos demasiado peculiares para que yo pudiera mantener mis creencias generales sobre el género humano. Cuando veía a una de las torpes criaturas bovinas que arrastraban la lancha pisoteando la maleza, me preguntaba, haciendo grandes esfuerzos por recordar, en qué diferían de un patán cualquiera que volvía a casa tras su jornada de trabajo; o cuando me encontraba con la Osa-Zorra, de rostro astuto e ingenio curiosamente humano, tenía la sensación de haberla visto antes en algún callejón de la ciudad.

Sin embargo, la bestia se manifestaba de cuando en cuando con toda su crudeza. Un hombre de aspecto grotesco, un jorobado a todas luces salvaje, agazapado en la abertura de una de las guaridas, estiraba los brazos al tiempo que bostezaba, revelando unos incisivos afilados como tijeras y unos caninos brillantes como espadas y acerados como puñales. De vez en cuando, al ir por un estrecho sendero, me cruzaba con una figura femenina vestida de blanco y un súbito arranque de valor me permitía mirarla a los ojos, solamente para darme cuenta, con tremenda repulsión, que sus pupilas eran achinadas y, al bajar la mirada, apreciaba la uña en forma de garra con que sujetaba su informe envoltura. Hay algo muy curioso, por cierto, que no soy capaz de explicar, y es que, durante los primeros días de mi estancia, estas extrañas criaturas —estoy hablando de las hembras— parecían instintivamente conscientes de su repulsiva fealdad, y mostraban en consecuencia una preocupación más que humana por el decoro en el vestir y cubrir sus cuerpos.

XVI

DE CÓMO LOS SALVAJES

PROBARON LA SANGRE

Mi inexperiencia como escritor me delata, y he perdido por completo el hilo de toda esta historia.

Una vez terminado mi desayuno con Montgomery, decidí acompañarle y dar un paseo por la isla para ver la fumarola y las fuentes termales, en cuyas aguas hirvientes había caído por sorpresa el día anterior cuando era perseguido. Los dos llevábamos látigos y revólveres cargados. Al cruzar una frondosa jungla camino de la fumarola, pudimos escuchar el chillido de un conejo. Nos detuvimos a escuchar, pero sin resultado alguno, todo estaba en silencio, y proseguimos la marcha. Montgomery llamó mi atención sobre ciertos animales rosados de largas patas traseras que brincaban entre la maleza, no eran muy grandes. Me contó en detalle que habían sido creados a partir de la descendencia de los Monstruos de Moreau, con la intención de que sirvieran de alimento, pero el hábito que tienen los conejos de devorar a sus crías desbarató los planes del doctor. Yo ya había tropezado con algunos: una vez cuando huía del Hombre-Leopardo, a la luz de la luna, y otra vez el día anterior, mientras Moreau me perseguía. Casualmente, uno de ellos, al tratar de evitarnos, cayó por azar en un agujero de un árbol arrancado por el viento. Logramos atraparlo antes de que pudiera salir de allí. Escarbaba como un gato, arañando y pataleando furiosamente con las patas traseras, y hasta intentó mordernos, pero no tenía los dientes fuertes y su mordisco no dolía más que un simple pellizco. Yo estaba bajo la impresión de que aquel era un animal de lo más lindo, y como Montgomery me explicó que nunca destrozaba el césped excavando y era de costumbres muy limpias, pensé que podría resultar un buen sustituto del conejo común para los parques y jardines particulares.

Durante el camino vimos el tronco de un árbol, completamente astillado y cortado en tiras largas. Montgomery llamó mi atención al respecto.

—No arañarás la corteza de los árboles; esa es la Ley —dijo Montgomery—. Mire cómo la respetan algunos.

Creo que poco después nos encontramos con el Sátiro y el Hombre-Mono. El Sátiro era un alarde de clasicismo por parte de Moreau. Tenía la expresión de una oveja, la voz como un balido ronco y las extremidades inferiores casi satánicas. Pasó junto a nosotros mordisqueando una cascara de fruta. Los dos saludaron a Montgomery.

—¡Hola al Otro Hombre del látigo! —dijeron.

—De ahora en adelante, somos tres con látigo, de modo que a partir de hoy día deben tener mucho cuidado —respondió Montgomery.

—¿Él no es fabricado? —preguntó el Hombre-Mono—. Él dijo que lo habían fabricado.

El Sátiro me miró con curiosidad.

—El Tercero con látigo, el que se mete llorando en el mar, tiene la cara pálida y delgada —dijo el Hombre-Mono.

—También tiene un látigo largo y delgado —dijo Montgomery.

—Ayer lloraba y sangraba —insistió el Sátiro.

—Tú nunca sangras ni lloras —dijo el Hombre-Mono—. El Maestro no sangra ni llora.

—¡Maldito pordiosero! —exclamó Montgomery—. Tú también sangrarás y llorarás si no tienes cuidado.

—Tiene cinco dedos; es un hombre de cinco dedos, como yo —dijo el Hombre-Mono.

—Vamos, Prendick —dijo Montgomery, tomándome del brazo.

El Sátiro y el Hombre-Mono se quedaron observándonos y haciendo comentarios en voz baja.

—No dice nada —dijo el Sátiro—. Los hombres tienen voz.

—Ayer me preguntó dónde había comida —respondió el Hombre-Mono—. No lo sabía.

Luego continuaron hablando en voz muy baja y pude escuchar que el Sátiro se reía. De regreso encontramos un conejo muerto. El cuerpo ensangrentado del pobre animal estaba hecho pedazos y no había duda de que alguien le había roído el espinazo. Montgomery se detuvo.

—¡Dios mío! —exclamó Montgomery, recogiendo algunas de las trituradas vértebras para examinarlas más de cerca—. ¡Dios mío! ¿Qué significa esto?

—Que alguno de sus carnívoros ha estado recordando viejas costumbres —dije, tras una pausa—. Han roído el espinazo de cabo a rabo.

Lo miró con el rostro blanco como el papel y torció el gesto.

—¡Esto no me gusta! ¡No me gusta para nada! —dijo despacio.

—Yo ya vi algo parecido el día de mi llegada —dije.

—¿Qué demonios era? —preguntó preocupado.

—Un conejo con la cabeza arrancada de raíz —dije yo.

—¿El mismo día de su llegada? —preguntó Montgomery.

—Sí, el día de mi llegada —le expliqué—, entre los matorrales que hay detrás del recinto. Cuando vine hasta aquí al atardecer. Le habían arrancado la cabeza.

Montgomery lanzó un silbido largo y débil.

—Y, es más, creo que sé quién lo hizo —le expliqué detenidamente—. Es solo una sospecha, pero antes de encontrar al conejo vi a uno de los monstruos bebiendo en el arroyo.

—¿Sorbiendo el agua con la boca? —dijo Montgomery con un tono de preocupación.

—Sí —respondí yo.

—No sorberás el agua; esa es la Ley —Montgomery recitó un fragmento de la Ley—. Ya se ve el respeto que los Monstruos muestran por la Ley cuando Moreau no anda por ahí, ¿eh?

—Fue el que me siguió —exclamé yo.

—Por supuesto —asintió Montgomery—, eso es justo lo que hacen los carnívoros. Después de matar, beben. Es por el sabor de la sangre. Pero ¿cómo era? —continuó—. ¿Podría reconocerlo?

Echó un vistazo a nuestro alrededor, a horcajadas sobre los sangrientos despojos del conejo, recorriendo con la mirada las sombras del follaje y los escondites de la selva que nos rodeaba.

—El sabor de la sangre —repitió.

Sacó el revólver, examinó los cartuchos y lo cargó. Luego empezó a tirarse del labio inferior.

—Creo que podría reconocerlo. Lo dejé sin sentido. Seguro que tiene una buena herida en la frente —le expliqué.

—Pero tenemos que demostrar que fue él quien mató al conejo —dijo Montgomery—. ¡Ojalá no los hubiera traído nunca!

Yo habría continuado mi camino, pero Montgomery se quedó allí, rompiéndose la cabeza con aquel asunto del conejo mutilado. Me alejé para no ver los restos del conejo.

—¡Vamos! —dije.

Entonces pareció reaccionar y vino hacia mí.

—¿Sabe? —dijo, casi en un susurro—. Todos ellos parecen tener una especie de fijación y se niegan a comer nada que corretee por la tierra. Si alguna de esas bestias ha llegado accidentalmente a probar la sangre...

Seguimos caminando en silencio.

—Me pregunto qué puede haber pasado —murmuró para sí.

Y luego, tras una pausa, añadió:

—El otro día cometí una tontería. Le enseñé a mi criado a despellejar y a guisar un conejo. Es extraño... lo vi chupándose los dedos... En ningún momento se me ocurrió que... Debemos poner fin a esto. —Luego añadió—: Tengo que decírselo a Moreau.

Durante el camino de vuelta no pensó en otra cosa.

Moreau se tomó el asunto aún más en serio que Montgomery, y huelga decir que me contagiaron su preocupación.

—Tenemos que darles un castigo ejemplar —dijo Moreau—. Estoy seguro de que el culpable es el Hombre-Leopardo. Pero ¿cómo podríamos probarlo? Ojalá hubiese sabido controlar su afición por la carne, Montgomery; de ser así no tendríamos estas alarmantes noticias. Nos podemos meter en un buen lío.

—He sido un estúpido —admitió Montgomery—. Pero ya está hecho. Y recuerde que usted me lo permitió.

—Hay que actuar de inmediato —dijo Moreau—. Supongo que, si algo ocurriera, M'ling sabrá cuidar de sí mismo.

—No estoy tan seguro de M'ling —dijo Montgomery—, aunque supongo que debería conocerlo.

Por la tarde, Moreau, Montgomery, M'ling y yo fuimos hasta las cabañas del barranco. Los tres hombres íbamos armados. M'ling llevaba la pequeña hacha con que acostumbraba cortar la leña y unos rollos de alambre. Moreau cargaba al hombro una enorme asta de toro.

—Ahora verá usted una reunión de Monstruos —dijo

Montgomery—. Es un espectáculo realmente maravilloso.

Moreau no pronunció una sola palabra durante todo el camino, pero su rostro, de marcadas facciones, denotaba una profunda preocupación.

Cruzamos el barranco por el que humeaba el arroyo de agua caliente y seguimos el tortuoso sendero que discurría entre las cañas hasta un claro cubierto de un polvo amarillo que a mí me pareció azufre. Por encima de una loma poblada de maleza asomaba la reluciente superficie del mar. Llegamos a una especie de anfiteatro natural de poca hondura y allí nos detuvimos. Moreau sopló con el cuerno, quebrando la calmante quietud de la tarde tropical. Debía tener buenos pulmones, porque el sonido del cuerno creció y creció, ampliado por sus ecos, hasta alcanzar una intensidad casi insoportable.

—¡Ah! —dijo Moreau, dejando caer el curvado instrumento.

Al instante se oyó un crujido procedente de las cañas amarillentas y ruido de voces en la tupida jungla que marcaba el límite del pantano por el que yo había corrido el día anterior. Luego, en tres o cuatro puntos de la zona sulfurosa, aparecieron las grotescas siluetas de los Monstruos, que corrían hacia nosotros. No pude evitar un estremecimiento al verlos salir de entre los árboles o las cañas, uno detrás de otro, y caminar sobre el polvo caliente arrastrando los pies. Pero Moreau y Montgomery parecían tranquilos, y no tuve más remedio que quedarme con ellos.

El primero en llegar fue el Sátiro. Su aspecto era totalmente irreal, a pesar de la sombra que proyectaba y del polvo que levantaba con las pezuñas; tras él salió de las cañas una bestia monstruosa, mezcla de caballo y rinoceronte, mordisqueando una paja; acto seguido apareció la Mujer-Cerdo y dos Mujeres-Lobo; luego la Osa-Zorra, con los ojos enrojecidos y el rostro afilado y rojizo, y después todos los demás, corriendo apresuradamente. Según llegaban, se inclinaban ante Moreau y cantaban fragmentos de la segunda mitad de la Ley, sin prestarse la menor atención los unos a los otros. *«Suya es la mano que hiere; Suya es la mano que sana»* y así sucesivamente. Se detuvieron a unos veinticinco metros de distancia de donde nos encontrábamos nosotros y, postrados sobre rodillas y codos, comenzaron a esparcir el polvo blanco sobre sus cabezas.

¡Imaginen la escena si pueden! Tres hombres vestidos de azul —con un criado deforme de rostro negro— de pie en mitad de una polvorienta explanada iluminada por el sol bajo el ardiente cielo azul, rodeados por un tropel de Monstruos acuclillados que no paraban de gesticular. Algunos eran casi humanos, salvo por su expresión y sus gestos; otros parecían tullidos y los había terriblemente deformes, solo comparables a los personajes de nuestros más absurdos sueños. Y más allá, las finas líneas del cañizal a un lado, una densa maraña de palmeras que nos separaba del barranco y las cabañas al otro, y el confuso horizonte del océano Pacífico al norte.

—Sesenta y dos, sesenta y tres —contó Moreau—. Faltan cuatro criaturas más.

—No logro ver al Hombre-Leopardo —dije.

Moreau volvió a soplar el cuerno y, al escucharlo, los Salvajes se retorcieron y se revolcaron por el polvo. El Hombre-Leopardo salió del cañizal, casi arrastrándose por el suelo, e intentó sumarse al círculo de Monstruos que se revolcaban en el polvo a espaldas de Moreau, y en ese momento vi que tenía una herida en la frente. El último en llegar fue el pequeño Hombre-Mono. Los primeros, acalorados y cansados de revolcarse, lo miraron con recelo.

—¡Basta! —dijo Moreau con voz potente y firme, y los Monstruos se sentaron sobre sus traseros, poniendo fin al ritual.

—¿Dónde está el Recitador de la Ley? —preguntó Moreau, y el monstruo de pelo gris se inclinó hasta tocar el suelo con la cabeza.

—Pronuncia la Ley —ordenó Moreau.

Al instante, toda la asamblea de Monstruos arrodillados, balanceándose a uno y otro lado y esparciendo el azufre a puñados (un montón con la mano derecha y otro con la izquierda), comenzó a entonar su extraña letanía. Cuando llegaron a la frase: «No comerás carne ni pescado; esa es la Ley», Moreau levantó una mano blanca y delgada.

—¡Alto! —gritó, y todos quedaron en absoluto silencio.

Creo que todos sabían y temían lo que iba a ocurrir. Contemplé los extraños semblantes que me rodeaban y, al advertir sus muecas de dolor y el temor en sus ojos brillantes, me pregunté cómo había podido llegar a pensar que fuesen hombres.

—Uno de ustedes ha quebrantado la Ley —sentenció Moreau.

—No hay escapatoria —respondió el hombre peludo y sin rostro.

—No hay escapatoria —repitió el círculo de Monstruos.

—¿Quién ha sido el que quebrantó la Ley? —gritó Moreau, mirándolos a la cara y haciendo restallar el látigo.

Me pareció que el Cerdo-Hiena estaba asustado, y lo mismo le ocurría al Hombre-Leopardo. Moreau se detuvo frente a él, y el Monstruo se postró ante su creador, movido por el recuerdo y el temor del tormento infinito.

—¿Quién ha sido? —repitió Moreau con voz atronadora.

—Maligno es quien infringe la Ley —cantó el Recitador.

Moreau miró a los ojos al Hombre-Leopardo como si quisiera arrancarle el alma.

—Quien infringe la Ley... —empezó Moreau, apartando los ojos de su víctima y volviéndose hacia nosotros. Me pareció advertir en su voz cierto regocijo.

—Vuelve a la Casa del Dolor —aclamaron todos—, ¡vuelve a la Casa del Dolor, oh Maestro!

—Vuelve a la Casa del Dolor, vuelve a la Casa del Dolor —murmuró el Hombre-Mono, como si la idea le resultase agradable.

—¿Oyes? —exclamó Moreau, volviéndose hacia el criminal—. Amigo mío... ¡Hola!

El Hombre-Leopardo, liberado de la mirada de Moreau, se incorporó y, con los ojos inflamados y los enormes colmillos felinos brillando bajo los labios fruncidos, se lanzó sobre su torturador. Estoy convencido de que solo la locura producida por un terror insoportable pudo haber propiciado este ataque. El círculo de sesenta Monstruos pareció alzarse a nuestro alrededor. Saqué el revólver. Las dos figuras chocaron. Moreau retrocedió, tambaleándose por la embestida del Hombre-Leopardo. Un griterío de furia estalló por todas partes. Todo el mundo corría de un lado para otro. Por un momento pensé que se trataba de una revuelta general. El rostro enfurecido del Hombre-Leopardo pasó un instante a mi lado, mirándome con ira; tras él apareció M'ling. Vi los ojos amarillos del Cerdo-Hiena brillando de emoción. Parecía casi a punto de atacarme. También el Sátiro me observaba por encima de los encorvados hombros del Cerdo-Hiena. Entonces pude escuchar la detonación de la pistola de Moreau y vi el fogonazo rosa del disparo en medio del tumulto. La multitud pareció inclinarse en la dirección del destello del fuego, y también yo quedé atrapado por el magnetismo del movimiento. Un segundo más tarde, corría entre la masa vociferante, en pos del huidizo Hombre-Leopardo.

Esto es todo lo que puedo decir con precisión. Vi que el Hombre-Leopardo golpeaba a Moreau; luego todo empezó a dar vueltas a mi alrededor y eché a correr sin saber cómo. M'ling iba en cabeza, muy cerca del fugitivo. Tras él, con la lengua fuera, corría la Mujer-Lobo a grandes zancadas, seguida de un grupo de Cerdos, que chillaban con gran alboroto, y los dos Hombres-Toro con sus vendajes blancos. A continuación, venía Moreau, revólver en mano y con el lacio pelo blanco ondeando al viento, rodeado por un grupo de Monstruos. El Cerdo-Hiena corría a mi lado, al mismo ritmo, y me lanzaba miradas furtivas con sus ojos felinos. Los demás nos seguían, corriendo y gritando.

El Hombre-Leopardo se abría camino por entre las largas cañas, que se cerraban a su paso, golpeando a M'ling en la cara. Una vez en el cañaveral, los de retaguardia nos encontramos con una senda hollada. La persecución discurrió a través de las cañas por espacio de casi trescientos metros y continuó por un espeso bosquecillo que dificultaba enormemente nuestros movimientos. Lo atravesamos juntos, arrollándolo todo; las frondas nos golpeaban en la cara, las enredaderas nos enganchaban por el cuello o por los tobillos y las plantas llenas de espinas se nos clavaban en el cuerpo y nos rasgaban la ropa.

—Por aquí ha pasado a cuatro patas —jadeó Moreau, adelantándome justo en ese instante.

—No hay escapatoria —dijo el Lobo-Oso, riéndose en mi propia cara y exaltado por la cacería.

Continuamos corriendo, ahora entre las rocas, y divisamos a nuestra presa que avanzaba a cuatro patas, lanzando gruñidos por encima del hombro. Los Lobos lanzaban aullidos de entusiasmo. La criatura aún iba vestida y, en la distancia, su rostro seguía pareciendo humano, aunque sus movimientos eran felinos y el encorvamiento de sus hombros era claramente el de un animal acechado. Saltó sobre unos matorrales espinosos de flores amarillas y lo perdimos de vista. M'ling se encontraba ya a mitad de camino de aquel punto.

La mayoría habíamos perdido para entonces el ímpetu inicial y avanzábamos a un ritmo más sosegado. Al cruzar un claro vi que la columna de perseguidores se había convertido en una hilera. El Cerdo-Hiena seguía corriendo muy cerca de mí, sin dejar de observarme y frunciendo de tanto en tanto el hocico con risa gruñona. Al llegar al límite de las rocas y darse cuenta de que iba directamente hacia el promontorio por el que me había acechado durante la noche de mi llegada, el Hombre-Leopardo dio media vuelta y se perdió entre la maleza. Pero Montgomery había visto la maniobra y se lanzó en la misma dirección. Así, tropezando con las rocas, pinchándome con las zarzas, sorteando matorrales y cañas, fue como ayudé en la persecución del Hombre-Leopardo, mientras el Cerdo-Hiena reía a mi lado como un salvaje. Avanzaba haciendo eses, la cabeza me daba vueltas y el corazón me latía a toda velocidad. Estaba completamente agotado y, sin embargo, no me atrevía a perder de vista al grupo por temor a quedarme a solas con tan horrible compañero. Y seguí adelante, a pesar del bochorno de la tarde tropical y del tremendo cansancio que me invadía.

Finalmente, el furor de la caza decreció. Habíamos acorralado a la bestia en un rincón de la isla. Moreau, látigo en mano, nos hizo formar en fila. Esta vez avanzamos despacio, intercambiando gritos y cerrando el círculo en torno a nuestra víctima. El Hombre-Leopardo nos acechaba, silencioso e invisible, entre los mismos matorrales por los que yo había huido durante la anterior persecución nocturna.

—¡Tranquilos! —gritaba Moreau—. ¡Tranquilos! —mientras los últimos de la hilera rodeaban los arbustos, cercando definitivamente a la bestia.

—¡Cuidado! —llegó la voz de Montgomery. Se encontraba escondido detrás de un matorral.

Yo estaba en la pendiente, por encima de los arbustos. Montgomery y Moreau batían la playa. Nos adentramos muy despacio en la red de ramas y hojas. Nuestra presa no hacía el menor ruido.

—¡Volverás a la Casa del Dolor, la Casa del Dolor, la Casa del Dolor! —gritó el Hombre-Mono. Este se encontraba a unos veinte metros a mi derecha.

Al escucharlo, perdoné al pobre miserable el miedo que me había inspirado. A mi derecha, junto a las enormes huellas de los Caballos-Rinocerontes, pude escuchar un crujir de ramas y el silbido de las hojas al ser apartadas. Luego, a través de un polígono verde, en la penumbra de la exuberante vegetación, divisé a la criatura que estábamos acechando. Me detuve. La bestia estaba agazapada en un espacio mínimo y me miró de reojo con sus brillantes ojos verdes.

Puede parecer contradictorio —de hecho, no soy capaz de explicarlo— pero al verlo en esa actitud absolutamente animal, con ese brillo en los ojos y el imperfecto rostro humano deformado por el terror, volví a considerarlo como a un igual. Un instante después, alguno de sus perseguidores lo descubriría y capturaría para ser de nuevo sometido a las terribles torturas del recinto. Bruscamente saqué el revólver, apunté entre sus ojos aterrorizados y disparé. Al mismo tiempo, el Cerdo-Hiena se abalanzó sobre él lanzando un tremendo alarido y, con gran avidez, le hincó los dientes en el cuello. La maleza silbaba y crujía a mi alrededor al paso precipitado de los Monstruos.

—¡No lo mate, Prendick! —gritó Moreau—. ¡No lo mate!

Vi su silueta encorvada abriéndose paso entre las frondas de los grandes helechos.

Golpeó al Cerdo-Hiena con la empuñadura del látigo mientras, con ayuda de Montgomery, luchaba por mantener a la multitud de exaltados carnívoros, y a M'ling en particular, lejos del cuerpo aún tembloroso de la bestia. El Monstruo de Pelo Gris se acercó para olfatear el cadáver. En su ardor animal, las demás criaturas se agolpaban para ver el espectáculo más de cerca.

—¡Maldito sea, Prendick! —exclamó Moreau—. Lo quería vivo.

—Lo siento —dije, aunque no lo sentía en absoluto—. Fue un impulso momentáneo.

Me sentía agotado por el esfuerzo y la emoción. Di media vuelta y me abrí camino entre la multitud de Salvajes pendiente arriba, hacia la parte más elevada del promontorio. Pude escuchar a Moreau ordenar a los tres Hombres-Toro que arrastrasen a la víctima hasta el mar.

Al fin podía quedarme a solas. Los Monstruos mostraban una curiosidad completamente humana por el cadáver y lo seguían en tropel, husmeando y gruñendo, mientras los Hombres-Toro lo arrastraban hacia la playa. Llegué hasta el promontorio y desde allí observé las siluetas de los Hombres-Toro, que se perfilaban oscuras contra el cielo del atardecer, transportando el pesado cuerpo hasta el mar, y entonces sentí como si un relámpago hubiese golpeado mi cabeza; en mi mente se empezaron a formular ideas, comencé a pensar en la absoluta inutilidad de todo lo que sucedía en aquella isla. Una vez en la playa, entre las rocas que había a mi lado, el Hombre-Mono, el Cerdo-Hiena y algunos otros Salvajes formaban un círculo en torno a Moreau y a Montgomery. Seguían estando muy nerviosos y manifestando a voces su lealtad a la Ley. Yo tenía la certeza de que el Cerdo-Hiena de algún modo estaba implicado en la muerte del conejo, y llegué al extraño convencimiento de que, al margen de su torpe actitud y lo grotesco de sus formas, tenía ante mí, en aquel preciso instante, el perfecto equilibrio de la vida humana en miniatura, la perfecta interacción de instinto, razón y destino en su más simple expresión. Al Hombre-Leopardo le había tocado perder. Esa era la única diferencia. ¡Pobre bestia!

¡Pobres bestias! Empezaba a comprender el aspecto más vil de la crueldad de Moreau. Hasta entonces no había pensado en el dolor y en las penalidades que aguardaban a estas pobres víctimas luego de pasar por las manos de Moreau. Me estremecía de solo pensar en los días de tormento en el recinto. Y, sin embargo, eso me pareció entonces lo menos importante. No mucho tiempo atrás aquellos Monstruos habían sido bestias, con sus instintos perfectamente adaptados al entorno, y eran felices como cualquier ser vivo. Ahora se habían topado con los grilletes de la humanidad y vivían en constante temor, atormentados por una Ley que no acertaban a comprender. Su remedo de existencia humana comenzaba con una terrible agonía y continuaba con una larga lucha interior y el permanente miedo a Moreau. Y todo esto, ¿para qué? Era la crueldad del conjunto lo que me indignaba.

De haber tenido Moreau un fin comprensible, tal vez hubiera simpatizado con él, cuando menos un poco. No soy tan escrupuloso con respecto al dolor. Incluso podría haberlo perdonado. Pero Moreau parecía tan irresponsable, tan profundamente irreflexivo... Su curiosidad, sus insensatas e inútiles investigaciones lo empujaban a continuar ni él mismo sabía a dónde, a arrojar a la vida a esas pobres criaturas, por espacio de uno o dos años para luchar, equivocarse, sufrir y, en última instancia, morir con dolor.

Aquellas criaturas eran intrínsecamente perversas; su odio animal los incitaba a incordiarse mutuamente, al tiempo que la Ley los refrenaba de librar una encarnizada batalla y del fin definitivo de su animosidad natural.

En aquellos días, mi miedo a los Monstruos se transformó en miedo a Moreau. Caí en un estado mórbido, intenso y duradero, distinto del temor, que ha dejado en mi mente una huella indeleble. Debo ser honesto y confesar que el dolor y el caos de la isla me hicieron perder la fe en la cordura del mundo. Un destino deslumbrado, un mecanismo inmenso y despiadado, parecían configurar la estructura de la existencia. Y yo mismo, Moreau —por su pasión científica—, Montgomery —por su pasión etílica— y los Monstruos, con sus limitaciones mentales y en cierto modo guiados por sus instintos, nos sentíamos abrumados y atormentados, implacablemente, inexorablemente envueltos en la infinita complejidad de sus incesantes ruedas. Sin embargo, esta situación no sobrevino de repente... De pronto caigo en cuenta, tengo la impresión de que me anticipo un poco al hablar de esto ahora.

XVII
UNA CATÁSTROFE

Solamente habían trascurridos unas escasas seis semanas, y me encontré en la situación de haber perdido todo sentimiento con la excepción de la aversión y odio hacia los infames experimentos de Moreau. Por mi mente solo se formulaba la idea de alejarme de aquellas horribles caricaturas de la imagen de mi Creador y de regresar al sano y agradable trato con los hombres. Mis semejantes, de los que me encontraba apartado, comenzaron a cobrar en mi recuerdo una virtud y una belleza idílicas. Mi forzado intento de amistad con Montgomery no prosperó. Su prolongado aislamiento, su alcoholismo y la evidente simpatía que sentía por los Salvajes lo echaron todo a perder.

En más de una ocasión dejé que fuera solo con ellos. Hacía todo lo que estuviese en mis manos por evitar el contacto con las bestias. Pasaba cada vez más tiempo en la playa, en espera de algún navío que me liberara de aquella situación, pero este nunca aparecía, hasta que un día cayó sobre nosotros una terrible desgracia, que modificaría por completo mi extraño entorno.

Habían transcurrido siete u ocho semanas desde mi llegada —quizá más, pues no me había tomado la molestia de llevar la cuenta— cuando sobrevino la catástrofe. Ocurrió una mañana, muy temprano, creo que alrededor de las seis aproximadamente. Me había levantado y había desayunado muy apresuradamente, fui despertado por el ruido de tres monstruos que transportaban madera hasta el recinto.

Después del desayuno me acerqué hasta la entrada del recinto, que estaba abierta, y me detuve a fumar un cigarrillo y a disfrutar del frescor de la mañana. Al poco tiempo apareció Moreau por una esquina, y me dio los buenos días rápidamente. Pasó a mi lado y pude escuchar como se abría la puerta a mi espalda y entraba a su laboratorio. Tan acostumbrado estaba para entonces a los horrores del lugar que, sin el menor atisbo de emoción, escuché cómo el puma iniciaba un nuevo día de tortura. La víctima recibió a su verdugo con un furioso aullido.

De pronto sucedió algo que me tomó completamente por sorpresa. Todavía no sé muy bien qué fue. Escuché un grito a mi espalda, una especie de derrumbe y, al volverme, vi un rostro espantoso que se abalanzaba sobre mí; no era humano ni animal, sino diabólico y oscuro, surcado de cicatrices rojas, con los ojos desprovistos de párpados e inflamados. Levanté un brazo para detener el golpe, que me hizo caer de cabeza y romperme el brazo, mientras el monstruo, cubierto con vendas ensangrentadas, saltaba por encima de mí y desaparecía. Rodé y rodé por la playa, intenté incorporarme y caí sobre el brazo roto. Entonces apareció Moreau, con su enorme cara blanca aún más terrible a causa de la sangre que brotaba de su frente. Llevaba un revólver en la mano. Apenas me miró, y salió corriendo precipitadamente tras el puma.

Me apoyé sobre el otro brazo y me incorporé. La figura vendada corría a grandes saltos por la playa, seguida por Moreau. El puma volvió la cabeza y, al ver a Moreau, giró bruscamente y se dirigió hacia los matorrales. Le ganaba terreno a cada paso. Se adentró en la maleza mientras Moreau, que corría en diagonal para interceptarlo, disparaba y erraba el tiro. La bestia desapareció entre los matorrales. Luego, también Moreau se perdió entre el confuso verdor. Empezó a dolerme el brazo y, lanzando un gemido, logré ponerme en pie. En ese momento, Montgomery salió por la puerta, vestido y revólver en mano.

—¡Dios mío, Prendick! —dijo, sin advertir que yo estaba herido—. ¡Esa bestia se ha escapado! Ha arrancado los grilletes de la pared. ¿Lo ha visto? —Y luego, al ver que me agarraba el dolorido brazo, preguntó bruscamente—: ¿Qué pasa?

—Estaba en la puerta —respondí.

Se acercó y me cogió el brazo.

—Tiene sangre en la manga —dijo, subiendo la franela. Se guardó el arma en el bolsillo, me palpó el brazo para cerciorarse de los puntos dolorosos y me llevó a la casa.

—Tiene el brazo roto —dijo—, ahora, por favor dígame, ¿qué ocurrió exactamente?

Con frases entrecortadas y jadeos de dolor le conté lo que había visto, mientras con gran habilidad y rapidez él me vendaba el brazo. Me lo puso en cabestrillo, se levantó y me miró.

—Se pondrá bien —dijo—, ¿y ahora qué?

Se quedó pensativo. Luego salió y cerró las puertas del recinto. Se ausentó por un buen rato.

A mí me preocupaba sobre todo mi brazo. El otro incidente me parecía una de tantas cosas terribles. Me senté en la hamaca y, he de admitirlo, maldije la isla con todas mis fuerzas. Cuando Montgomery regresó, lo que al principio era una leve sensación de dolor en mi brazo pasó a convertirse en un dolor insoportable. Montgomery estaba pálido y mostraba el labio inferior más caído que nunca.

—No he visto ni escuchado rastro de él —dijo—. Creo que va a necesitar de mi ayuda.

Me miró con sus inexpresivos ojos y añadió:

—Era un animal bastante fuerte —dijo—. Fue capaz de arrancar los grilletes de la pared.

Se dirigió hacia la ventana, luego caminó hacia la puerta, y por fin se volvió hacia mí.

—Iré a buscarlo —dijo—. Puedo dejarle otro revólver. A decir verdad, estoy preocupado.

Fue por el arma y la dejó sobre la mesa. Se marchó,

dejando en el ambiente una contagiosa sensación de inquietud. Cuando hubo salido me levanté, tomé el revólver y abandoné la casa.

Reinaba una calma sepulcral. No se sentía ni la más leve brisa en el ambiente. El mar estaba como un espejo, el cielo completamente despejado y la playa desierta. Me encontraba en un estado muy agitado y febril, la calma que se podía sentir en el ambiente me parecía opresiva. Hice el intento de silbar, pero la melodía se desvaneció en mis labios. Volví a maldecir, por segunda vez en esa mañana. Después fui hasta la esquina del recinto y miré tierra adentro, hacia los matorrales que se habían tragado a Moreau y a Montgomery. ¿Cuándo volverían? ¿Y en qué estado? En ese momento, muy lejos, al otro extremo de la playa surgió un pequeño Salvaje gris que corrió hasta la orilla y empezó a chapotear en el agua. Fui hasta la puerta, luego hasta la esquina, y así comencé a ir y venir como un centinela de guardia. En un punto de mi ir y venir me detuvo la voz de Montgomery, que gritaba en la distancia:

—¡Mo...re...au!

Sentía el brazo muy caliente pero me dolía menos. Tenía fiebre y sed. Mi sombra se hacía cada vez más pequeña. Observé aquella figura distante hasta que desapareció de mi vista. ¿Regresarían Moreau y Montgomery? Tres aves marinas se disputaban una presa encontrada en la playa.

De pronto escuché un disparo muy lejano, por detrás del recinto. Luego, un largo silencio y después otro disparo. A continuación, se oyó una especie de aullido más cercano y otro lúgubre silencio. Mi pobre imaginación comenzó a funcionar febrilmente para atormentarme. Sonó otro disparo muy cercano. Sobresaltado, fui hasta la esquina y vi a Montgomery con el rostro congestionado, el pelo alborotado y el pantalón desgarrado a la altura de la rodilla. Su rostro denotaba una profunda consternación. Tras él venía su ayudante, M'ling, con unas inquietantes manchas oscuras alrededor de la boca.

—¿Ha vuelto? —preguntó Montgomery.

—¿Moreau? —dije yo—. No.

—¡Dios mío! —estaba jadeando, casi sollozaba por la falta de aliento—. Rápido, entre a la casa. Se han vuelto completamente locos. Andan todos corriendo por ahí como locos. ¿Qué habrá pasado? No lo sé. Se lo diré cuando recupere el aliento. ¿Dónde hay un poco de coñac?

Montgomery entró en la habitación cojeando y se sentó en la hamaca. M'ling se tiró al suelo en el umbral de la puerta y empezó a jadear como un perro. Traje un poco de coñac con agua para Montgomery. Se encontraba sentado, con la mirada perdida en el infinito, intentando recobrar el aliento. Al cabo de un rato me contó lo que había ocurrido.

Les había seguido el rastro durante un rato. Al principio era bastante claro, porque la maleza estaba pisoteada y había jirones de las vendas del puma enganchadas en las ramas e incluso manchas de sangre en las hojas de los matorrales. Pero perdió el rastro en el pedregal, más allá del arroyo donde yo había visto al Monstruo bebiendo, y continuó hacia el oeste, llamando a gritos a Moreau.

Luego se había encontrado con M'ling, que llevaba un hacha. M'ling no había visto nada de lo que había ocurrido con el puma; estaba cortando leña cuando oyó a Montgomery llamar a Moreau. Se pusieron a gritar al unísono. Dos Salvajes se acercaron agazapados y los observaron desde la maleza, gesticulando y andando de un modo que a Montgomery le resultó alarmante. Montgomery los llamó, y huyeron como quien ha cometido una fechoría. Entonces dejó de gritar y, tras caminar durante un rato sin rumbo fijo, decidió finalmente visitar las cabañas.

El barranco se encontraba desierto.

Cada vez más alarmado, volvió sobre sus pasos. Fue entonces cuando se encontró con los dos Hombres-Cerdo a los que yo había visto bailar la noche de mi llegada; tenían la boca manchada de sangre y parecían estar en algún estado de frenesí. Venían pisoteando los helechos y, al ver a Montgomery, se detuvieron con fiera expresión. Montgomery hizo restallar su látigo y, al instante, las bestias se abalanzaron sobre él. Nunca antes ningún hombre bestia se había atrevido a hacer nada igual. A uno le pegó un tiro en la cabeza, mientras M'ling se lanzaba sobre el otro y los dos rodaban por el suelo. M'ling quedó atrapado debajo de la bestia, que estaba a punto de hincarle los dientes en el cuello, cuando Montgomery le pegó un tiro. Le costó convencer a su ayudante para que continuase con él y lo siguiera. Luego regresaron rápidamente al recinto, donde me encontraba esperando su regreso. Durante el camino, M'ling se había lanzado precipitadamente sobre un matorral y había sacado a un Hombre-Ocelote muy pequeño, que también sangraba a causa de una herida que tenía en el talón y que le hacía cojear. La bestia intentó correr y se dirigió violentamente hacia la bahía. Entonces, Montgomery —en lo que a mí respecta, con cierto grado de crueldad— lo mató.

—¿Qué puede significar todo esto? —pregunté.

Él sacudió la cabeza y volvió a tomar su coñac.

XVIII
LA BÚSQUEDA DE MOREAU

Cuando noté que Montgomery ya iba por su tercer trago de coñac, se lo arrebaté de las manos con la clara intención de evitar que se emborrachara. A decir verdad, ya encontraba un poco ebrio. Le dije que algo grave debía de haberle sucedido a Moreau, pues de lo contrario ya habría regresado, y que era responsabilidad nuestra averiguarlo. Montgomery se opuso débilmente, pero terminó por aceptar. Comimos un poco y luego partimos los tres.

Es probable que hubiese sido la tensión del momento, pero lo cierto es que aquella incursión en la tórrida calma de la tarde tropical ha dejado en mí una vivísima impresión. M'ling abría la marcha, moviendo inquietamente su extraña cabeza negra a uno y otro lado del camino. Se encontraba completamente desarmado. Había perdido el hacha en el encuentro con los Hombres-Cerdo. Una vez llegado el momento de luchar, los dientes serían sus armas. Montgomery lo seguía dando traspiés, con las manos en los bolsillos y expresión abatida; estaba enfadado conmigo por el asunto del coñac. Yo llevaba el brazo izquierdo en cabestrillo —afortunadamente era el izquierdo— y empuñaba el revólver con la mano derecha. Nos adentramos por un frondoso sendero que discurría hacia el noroeste entre la exuberante vegetación de la isla. M'ling se detuvo de pronto y se puso rígido, en posición de alerta. Montgomery casi tropezó con él y también se detuvo. Entonces, aguzando el oído, nos llegó entre los árboles un ruido de voces y de pasos que se acercaban.

—Está muerto —dijo una voz profunda y vibrante.

—No está muerto, no está muerto —farfulló otra.

—Lo hemos visto, lo hemos visto —insistieron varias voces.

—¡Eh! —gritó bruscamente Montgomery—. ¡Ustedes! ¡Los de ahí!

—¡Malditos sean! —dije yo, empuñando la pistola.

Hubo un silencio, luego un crujido aquí, otro allá, y seis rostros, seis extraños rostros, iluminados por una luz extraña, hicieron su aparición. M'ling emitió un profundo gruñido. Reconocí al Hombre-Mono —de hecho, ya había identificado su voz— y a dos de las criaturas de tez morena y cubiertas de vendas a las que había visto en el bote de Montgomery. Con ellos iban las dos bestias moteadas y la horrible y encorvada criatura que recitaba la Ley, con las mejillas cubiertas de pelo gris, enormes cejas grises y grandes mechones de pelo colgando de la frente. Era una cosa enorme y sin rostro, de siniestros ojos rojos que nos miraban desde la maleza llenos de curiosidad.

Por un momento nadie habló. Al cabo de un rato, Montgomery dijo, entre hipidos:

—¿Quién... ha dicho que estaba muerto?

El Hombre-Mono miró al monstruo de pelo gris con ojos delatadores.

—Está muerto —afirmó el monstruo—. Ellos lo vieron.

No había ni rastro de amenaza en su voz. Todos parecían profundamente sorprendidos y atemorizados.

—¿Dónde está? ¿Dónde se encuentra? —preguntó Montgomery.

—Allí —señaló la criatura gris.

—¿Hay alguna Ley ahora? —preguntó el Hombre-Mono—. ¿Está muerto de verdad?

—¿Hay una Ley? —repitió el hombre de blanco—. ¿Hay una Ley, tú, Hombre del Látigo?

—Él está muerto —dijo el Monstruo de pelo gris, mientras todos nos miraban fijamente.

—Prendick —dijo Montgomery, volviendo hacia mí sus inexpresivos ojos—. ¡Está muerto! Es más que evidente.

Yo había permanecido detrás de él durante toda la conversación. Empezaba a comprender lo que ocurría. Entonces, di un paso al frente y, alzando la voz, exclamé:

—¡Hijos de la Ley! ¡Él no ha muerto! —grité.

M'ling volvió hacia mí su intensa mirada.

—Ha cambiado de forma. Ha cambiado de cuerpo

—continué—. Durante algún tiempo no van ser capaces de verlo. Está... allí —y señalé hacia lo alto—, y desde allí los vigila a todos ustedes. Ustedes no son capaces de verlo, pero él sí puede ver cada uno de sus movimientos. ¡Hay que respetar la Ley!

Los miré fijamente y retrocedieron.

—Él es grande. Él es bueno —dijo el Hombre-Mono, mirando atentamente hacia el cielo entre los densos árboles.

—¿Y la otra cosa? —pregunté.

—La cosa que sangraba y corría aullando y sollozando también está muerta —dijo el monstruo gris, sin dejar de mirarme.

—Eso está bien —masculló Montgomery.

—El Hombre del Látigo... —comenzó el monstruo gris.

—¿Sí? —dije yo.

—Dijo que estaba muerto.

Pero Montgomery aún estaba lo suficientemente sobrio para comprender por qué yo negaba la muerte de Moreau.

—No está muerto —dijo, muy despacio—. No está muerto. Está tan vivo como yo.

—Algunos han quebrantado la Ley —dije—. Esos morirán. Otros ya han muerto. Llegó el momento en el que nos muestren dónde yace su cuerpo. El cuerpo que ha abandonado porque ya no lo necesita.

—Es por aquí, Hombre que camina por el mar —dijo el monstruo gris.

Y con aquellas seis criaturas por guías, nos adentramos en la maraña de helechos, enredaderas y ramas en dirección noroeste. Entonces vimos a un pequeño homúnculo rosado que corría hacia nosotros dando gritos y huyendo de un monstruo feroz y salpicado de sangre que no tardó en alcanzarnos. El Monstruo Gris se apartó de un salto. M'ling corrió hacia él lanzando un gruñido, pero fue derribado de un golpe. Montgomery disparó y erró el tiro. Luego inclinó la cabeza, levantó el arma y salió corriendo. Entonces yo disparé, pero la fiera siguió avanzando como si tal cosa. Volví a disparar y esta vez hice blanco en su horrible cara. Sus rasgos se borraron en un santiamén. Sin embargo, pasó a mi lado, se agarró a Montgomery y, colgado de él, cayó de bruces, arrastrándolo en su caída.

Me encontré solo con M'ling, un animal muerto y un hombre postrado. Montgomery se incorporó despacio y, aturdido, contempló a la bestia destrozada que yacía a su lado. El susto le había quitado la borrachera. Se puso en pie de un salto. Vi al Monstruo Gris que se acercaba sigilosamente entre los árboles.

—Mira —dije, señalando a la bestia muerta—. ¿No está viva la Ley? Esto le ha pasado por quebrantar la Ley.

Observó atentamente el cadáver y luego, con voz profunda y repitiendo parte del ritual, dijo:

—Él envía el fuego que mata.

Los demás también se acercaron a mirar.

Finalmente nos dirigimos hacia el extremo oeste de la isla. Allí encontramos el cuerpo roído y mutilado del puma con el omóplato destrozado por una bala y, a unos veinte metros de distancia, hallamos por fin lo que buscábamos. Moreau yacía boca abajo en un cañaveral pisoteado.

Tenía una de las manos prácticamente colgando y el pelo plateado empapado en sangre. Sin duda, el puma le había golpeado en la cabeza con los grilletes, y todas las cañas a su alrededor estaban salpicadas de sangre. No encontramos por ningún lado su revólver. Montgomery le dio la vuelta. Descansando de vez en cuando y ayudados por los siete Salvajes —pues pesaba bastante— lo llevamos hasta el recinto. La noche empezaba a caer sobre la isla. En dos ocasiones pudimos escuchar a nuestro paso los aullidos de las criaturas invisibles de la selva. El Perezoso rosado apareció un momento, nos miró y desapareció de nuevo. Pero no volvimos a ser atacados. A las puertas del recinto, la comitiva de Monstruos nos abandonó. M'ling también se fue con ellos. Nos encerramos, sacamos al patio interior el cuerpo mutilado de Moreau y lo depositamos sobre un montón de leña. Luego entramos en el laboratorio y acabamos con cualquier ser viviente que se encontrara en nuestro camino.

XIX
Las vacaciones de Montgomery

Una vez terminadas todas las cosas que teníamos pendientes, nos lavamos y nos dispusimos a comer algo. Entramos en mi pequeña habitación y, por primera vez, analizamos seriamente nuestra situación. Era casi medianoche. Montgomery estaba prácticamente sobrio, pero se encontraba en un estado muy alterado. Moreau siempre había ejercido sobre él una extraña influencia. Creo que jamás se le había pasado por la cabeza que Moreau pudiera morir. El desastre había destruido en un momento los hábitos que durante los diez o más largos años de estancia en la isla habían llegado a formar parte de su carácter. La manera en la que hablaba era muy extraña, con frases incompletas como si divagara, respondía a mis preguntas con evasivas y llevaba la conversación hacia temas generales.

—¡Este estúpido mundo! —dijo—. ¡Qué complicado es todo! No he vivido hasta ahora. Cuando será el día que empezaré, me pregunto yo. Dieciséis años tiranizado por niñeras y maestros de escuela, sometido a su santa voluntad; cinco años en Londres estudiando medicina con ahínco: una comida peor que terrible, alojamientos miserables, ropas sotas y maltrechas, vicios lamentables. Jamás he conocido nada mejor. Luego, empujado a esta isla infernal... ¡Diez años aquí! ¿Y todo para qué, Prendick? ¿Somos como las pompas de jabón que sopla un bebé?

Resultaba difícil comprender sus desvaríos.

—Lo que debemos hacer ahora —dije—, es encontrar el modo de salir de esta isla.

—¿Y qué tiene eso de bueno? Soy un proscrito. ¿A dónde voy a ir? Usted lo ve todo muy bien, Prendick. ¡Pobre Moreau! No podemos dejarlo en esta isla para que profanen sus huesos. Además, ¿qué va a ser de los Salvajes buenos?

—Está bien —repuse—. Mañana nos ocuparemos de ello. He pensado que podríamos hacer una pira e incinerar su cuerpo. Y respecto a esas otras cosas... ¿Qué pasará con los Salvajes?

—No lo sé. Supongo que los que descienden de animales de presa acabarán como fieras tarde o temprano. Pero no podemos matarlos a todos. ¿No? Imagino que es eso lo que «sus» sentimientos humanitarios le sugieren... Pero estoy convencido de que van a cambiar. Estoy seguro.

Continuó así, sin decir nada en claro, hasta que perdí la paciencia.

—¡Maldición! —exclamó malhumorado—. ¿No se da cuenta de que mi situación es mucho más difícil? —se levantó y fue a buscar el coñac. Luego volvió y dijo—: ¡Beba! ¡Especie de santo ateo, destructor de la lógica! ¡Beba!

—No quiero —respondí, y continué sentado con solemnidad, observando su rostro bajo el fulgor amarillento de la parafina, mientras la embriaguez lo sumía en un estado de locuaz tristeza.

Lo recuerdo como algo infinitamente aburrido. Luego pasó a hacer una sensiblera apología de M'ling y los Salvajes. Dijo que M'ling era el único ser que se había preocupado por él. Entonces se le ocurrió una idea luminosa.

—¡Seré estúpido! —dijo, poniéndose en pie y agarrando la botella de coñac.

Una súbita intuición me hizo adivinar cuál era su propósito.

—¡No se le ocurra dar alcohol a esa bestia! —exclamé, levantándome y haciéndole frente.

—¿Bestia? —dijo—. Usted es la bestia. Él bebe como cualquier cristiano. ¡Quítese de en medio, Prendick!

—¡Por el amor de Dios! —exclamé.

—¡Quítese... de en medio! —rugió, sacando el revólver de repente.

—Muy bien —dije, y me aparté con la intención de lanzarme sobre él en cuanto pusiera la mano en el picaporte. Pero renuncié a ello al recordar que tenía un brazo roto—. Se ha convertido usted en un Salvaje. ¡Váyase con las bestias!

Abrió la puerta de par en par y se detuvo en el umbral, mirándome casi de frente, bajo el resplandor amarillo de la lámpara y la pálida luz de la luna; sus ojos eran dos manchas negras bajo sus pobladas cejas.

—¡Es usted un perfecto idiota, Prendick! Siempre asustado y fantaseando. Hemos llegado al límite. Es muy posible que mañana me corte el gaznate. Pero esta noche voy a permitirme una buena fiesta.

Se dio la vuelta y salió al exterior.

—¡M'ling! ¡M'ling, querido amigo! —gritó.

Tres figuras borrosas se acercaban por la orilla de la pálida playa, bajo la plateada luz de la luna; una de ellas iba cubierta de vendas blancas, las otras la seguían como dos manchas negras. Se detuvieron a observar algo. En ese momento, M'ling dobló la esquina de la casa.

—¡Beban! —gritó Montgomery— ¡Beban, bestias! ¡Ahora beban como hombres! ¡Vaya, soy el más listo!

¡Moreau se olvidó de esto! Este es el toque final. ¡Beban, les digo!

Y con la botella en la mano salió corriendo en dirección oeste, mientras M'ling se situaba entre él y las tres borrosas figuras que lo seguían.

Fui hasta la puerta. Hasta que Montgomery se detuvo casi no pude distinguirlos a la luz de la luna. Vi cómo le ofrecía coñac a M'ling y que sus figuras se fundieron en una forma confusa.

—¡Es hora de cantar! —escuché gritar a Montgomery—. ¡Es hora de que todos cantemos! "¡Maldito sea Prendick!...". Eso es, ahora de nuevo. "¡Maldito sea Prendick!".

El oscuro grupo se desmembró en cinco figuras que poco a poco se alejaron de mí por la franja de la playa iluminada. Gritaban todos a pleno pulmón, insultándome o dando rienda suelta a esa nueva inspiración motivada por el coñac. Después escuché la voz de Montgomery a lo lejos, que gritaba:

—¡A la derecha!

Y el grupo se perdió con sus aullidos en la negrura de los árboles. Poco a poco, muy poco a poco, se retiraron en silencio.

La noche recobró su apacible esplendor. La luna, que para entonces ya había alcanzado el cénit, cabalgaba por el desierto cielo azul, llena y resplandeciente. La sombra de la pared, negra como la tinta, se extendía a mis pies sobre un espacio de un metro de anchura. Hacia el este, el mar tenía un misterioso tono oscuro, y entre el mar y la sombra, las arenas grises, de obsidiana, resplandecían como una playa de diamantes. La lámpara de parafina ardía a mis espaldas con rojiza y cálida llama.

Cerré la puerta, eché la llave y entré en el recinto donde el cadáver de Moreau yacía junto a sus últimas víctimas —los perros, la llama y otras infortunadas bestias— con expresión apacible, a pesar de haber sufrido una muerte tan terrible. Sus ojos abiertos contemplaban la blanca quietud de la luna en lo alto del cielo. Me senté en el borde del sumidero y, con la mirada fija en aquel haz fantasmagórico de luz plateada y sombras inquietantes, me dispuse a planear cual iba a ser mi próximo plan a seguir. Por la mañana metería algunas provisiones en el bote y, tras prender fuego a la pira que tenía ante mí, me adentraría de nuevo en la desolación del mar. Comprendía que no había manera de ayudar a Montgomery, pues era casi como un Salvaje, incapaz de relacionarse con las personas.

No sé cuánto tiempo estuve allí sentado, haciendo planes. Debió de ser aproximadamente una hora. Luego, mis cavilaciones se vieron interrumpidas por el regreso de Montgomery. Escuché un aullido procedente de muchas gargantas —una confusión de gritos de júbilo, jadeos y alaridos que descendía hasta la playa— y que parecía llegar desde algún punto cercano a la orilla. El alboroto creció y después se extinguió. Más tarde escuché unos golpes fuertes y el crujir de la madera al partirse, pero entonces no me preocupó lo más mínimo. Luego comenzó un canto disonante.

Mis pensamientos volvieron a centrarse en el modo de escapar. Me levanté, tomé la lámpara y entré en un cobertizo para coger unos barriles que había visto. Encontré unas latas de galletas y, decidido a investigar su contenido, abrí una de ellas. Creí ver algo por el rabillo del ojo —una figura roja— y me volví bruscamente.

A mis espaldas se extendía el patio, de un blanco y negro intenso bajo la luz de la luna, donde se alzaba el montón de madera y los haces de leña sobre los que yacían Moreau y sus mutiladas víctimas, apilados unos encima de otros. Parecían agarrarse mutuamente en una especie de cuerpo a cuerpo final. Sus heridas eran negras como la noche, y la sangre que de ellas había brotado formaba manchas negras sobre la arena. Entonces, sin comprender todavía bien, descubrí la causa de mi sobresalto: era un resplandor rojizo que bailaba en la pared de enfrente. No supe interpretarlo y, pensando que se trataba del reflejo de mi propia lámpara, volví al cobertizo. Seguí revolviendo con la torpeza de un manco todo cuanto allí había, escogiendo lo que me parecía útil y separándolo para cargarlo en la lancha al día siguiente. Mis movimientos eran lentos y el tiempo pasó deprisa. Cuando me di cuenta ya era de día.

El canto se fue apagando para dar paso a un clamor, luego se reanudó y, de repente, se transformó en tumulto. Podía escuchar gritos de «¡más, más!», un ruido como de lucha y un súbito alarido. El cambio de sonidos era tan evidente que llamó mi atención. Salí al patio y escuché. Luego, como un cuchillo que rasgara la confusión, se oyó el disparo de un revólver.

Crucé precipitadamente la habitación hacia la puerta. Algunos baúles resbalaron y se desplomaron en el suelo del cobertizo con estrépito de cristales rotos. Pero no les presté atención, sino que abrí la puerta de par en par y miré al exterior.

En la cabaña de la playa, cerca de la costa de las lanchas, ardía una hoguera cuyas chispas se desdibujaban en la imprecisión del amanecer. En torno a ella forcejeaba una masa de figuras negras. Escuché que Montgomery me llamaba y eché a correr hacia la hoguera, revólver en mano. Vi la rosada lengua de fuego del revólver de Montgomery lamer el suelo y luego caer a tierra. Grité con todas mis fuerzas y disparé al aire. Escuché que alguien gritaba: «¡El Maestro!». La enmarañada lucha se dispersó en núcleos aislados y el fuego ascendió en gran llamarada y disminuyó casi hasta apagarse. Presa de un repentino pánico, la multitud de Monstruos pasó corriendo ante mí playa arriba. En mi estado de agitación, disparé contra ellos mientras desaparecían entre la maleza. Entonces me volví hacia los montones negros que había en el suelo.

Montgomery yacía boca arriba, con la bestia de pelo gris encima de él. El Monstruo había muerto, pero seguía aferrado al cuello de Montgomery con sus garras en curva. Junto a ellos se encontraba M'ling, tumbado boca abajo y completamente inmóvil, degollado y con el cuello de una botella de coñac rota en la mano. Otros dos cuerpos yacían junto al fuego. Uno de ellos estaba inmóvil, el otro se quejaba de vez en cuando, levantando lentamente la cabeza y dejándola caer de nuevo.

Agarré al Monstruo Gris y lo aparté del cuerpo de

Montgomery; las garras le destrozaron la ropa mientras yo lo arrastraba, como si no quisiera separarse de él. Montgomery tenía el rostro amoratado y respiraba con dificultad. Le arrojé agua del mar a la cara y puse mi abrigo en el suelo a guisa de almohada para que apoyara la cabeza. M'ling había muerto. La criatura herida que estaba junto al fuego —un Hombre-Lobo de barba gris— yacía con la parte superior del cuerpo sobre las brasas aún ardientes. Tan lastimoso era el estado de la pobre bestia que, por compasión, le disparé con mi revolver en el cráneo. El otro monstruo era uno de los Hombres-Toro cubiertos de vendas blancas. También estaba muerto. Los demás habían desaparecido de la playa.

Regresé junto a Montgomery y me arrodillé a su lado, maldiciendo mi ignorancia en medicina. El fuego que había sido encendido ya se encontraba extinguido y solo quedaban ascuas en medio de las cenizas. Me pregunté dónde podía haber encontrado Montgomery toda aquella madera. Estaba amaneciendo y el cielo se aclaraba a medida que la luna, cerca ya de su ocaso, se tornaba más pálida y opaca en el luminoso azul del nuevo día. Con la llegada de un nuevo día, el cielo se teñía de rojo.

Entonces escuché un ruido sordo y un silbido igualmente apagado a mis espaldas, y, mirando alrededor, me puse en pie de un salto con un grito de horror. Grandes masas de humo negro ascendían contra el amanecer ardiente, procedentes del recinto, y entre su turbulenta negrura parpadeaban las llamas rojas como la sangre. El techo de paja se incendió; las llamas ascendían por la pendiente y una lengua de fuego salía por la ventana de mi habitación.

De repente comprendí lo ocurrido. Recordé el ruido que escuché al caerse las cajas. Cuando corrí en ayuda de Montgomery había volcado la lámpara, derramando el líquido sobre los baúles.

Al instante supe que era imposible salvar nada de lo que había en el recinto. Mi mente volvió a centrarse en el plan de huida y volví rápidamente la mirada, buscando los dos botes varados en la playa. ¡Pero para mi sorpresa ya no estaban! Había dos hachas en la arena junto a mí; el suelo estaba cubierto de astillas, y las negras cenizas de la hoguera llenaban de humo el amanecer. Montgomery había quemado los botes para vengarse de mí e impedir mi regreso a la civilización.

Un repentino ataque de ira se apoderó de mí. Estuve a punto de patearle la cabeza mientras yacía indefenso a mis pies. Entonces movió una mano tan débil y lastimosamente que mi rabia se esfumó. Lanzó un gemido y abrió los ojos un instante. Me arrodillé a su lado y le ayudé a levantar la cabeza. Volvió a abrir los ojos, mirando en silencio el amanecer, y su mirada se cruzó con la mía. Sus párpados cayeron.

—Lo siento —dijo con gran esfuerzo. Parecía que intentaba pensar.

Hubo una pausa y luego dijo:

—Es el fin —murmuró—, el fin de este estúpido mundo. ¡Es un verdadero desastre!

Yo escuchaba. Su cabeza cayó hacia un lado. Pensé que un trago podría reanimarlo, pero no tenía a mi alcance bebida alguna ni recipiente en que traerla. De pronto su cuerpo me pareció más pesado. En ese momento mi corazón quedo helado. Me incliné sobre su rostro y metí la mano por la camisa desgarrada. Estaba muerto y, mientras moría, una línea al rojo vivo, el limbo del sol, ascendió por levante más allá de la bahía, esparciendo sus rayos por el cielo y transformando el oscuro mar en un torbellino de luz cegadora que glorificaba su rostro contraído por la muerte.

Le apoyé suavemente la cabeza sobre la tosca almohada que había improvisado y me puse en pie. Ante mí se extendía la radiante desolación del mar, la horrible soledad que tanto me había hecho sufrir; y a mis espaldas, la isla en calma bajo la aurora, con sus monstruos silenciosos e invisibles. El recinto, con todas las provisiones y la munición, ardía con gran estrépito, súbitas bocanadas de fuego, violentas crepitaciones y algún que otro estallido. La densa humareda ascendía por la playa, alejándose de mí y rozando las lejanas copas de los árboles en dirección a las cabañas del barranco. A mi lado descansaban los restos carbonizados de los botes y aquellos cinco cadáveres.

De pronto, de entre la maleza surgieron tres monstruos de hombros encorvados, cabezas salientes, manos deformes, torpes ademanes y mirada inquisitiva y hostil; avanzaron hacia mí con gestos vacilantes.

XX

A solas con los monstruos

No tuve otra alternativa más que hacerles frente a estas criaturas, ya que en ellos estaba escrito mi destino. Me encontraba completamente solo, tenía un brazo roto y, en el bolsillo, un revólver al que le faltaban dos balas. Entre las astillas y los restos esparcidos por la playa encontré las dos hachas con las que habían desguazado los botes. A mi espalda la marea subía rápidamente. Solo quedaba una cosa por hacer, llenarme de valor. Miré fijamente los rostros de los monstruos que se acercaban. Ellos rehuyeron mi mirada y husmearon con los hocicos temblorosos los cadáveres que yacían en la playa a mi espalda. Avancé unos pasos, recogí el látigo ensangrentado que reposaba junto al cadáver del Hombre-Lobo y lo hice restallar. Se detuvieron y me miraron con extrañeza.

—¡Saluden! —dije—. ¡Inclínense ante mí!

Vacilaron por un instante. Uno de ellos dobló las rodillas. Repetí la orden, con el corazón en un puño, y avancé hacia ellos. Primero se arrodilló uno, luego los otros dos.

Me di la vuelta y caminé hacia los cadáveres, sin apartar la vista de los tres monstruos arrodillados, como un actor que hace mutis por el foro sin quitar la vista del público.

—Quebrantaron la Ley —dije, al tiempo que apoyaba un pie sobre el Recitador—. Por eso han muerto.

Incluso el Recitador de la Ley. Y el Hombre del Látigo. ¡Grande es la Ley! Vengan a ver.

—No hay escapatoria —dijo uno de ellos, mientras se acercaba a mirar.

—No hay escapatoria —dije yo—. Por lo tanto, deben prestarme atención, y hacer todo lo que les ordene.

Se pusieron en pie, interrogándose con la mirada.

—No se muevan, quédense ahí —dije.

Recogí las dos hachas y las colgué del brazo en cabestrillo; luego, le di la vuelta a Montgomery, tomé su revólver, viendo que aún le quedaban dos balas, y hurgando en su bolsillo encontré seis cartuchos más.

—Llévenselo de aquí —dije, poniéndome otra vez en pie y señalando con el látigo el cadáver de Montgomery—. Quiero que se lo lleven de aquí y quiero que lo arrojen al mar.

Se acercaron, temerosos todavía de Montgomery, pero más temerosos aún del chasquido del látigo ensangrentado y, luego de algunos titubeos, restallidos de látigo y amenazas, lo levantaron con precaución, lo bajaron hasta la playa y se adentraron chapoteando en las relucientes olas.

—¡Venga! —dije—. ¡Adelante! ¡Llévenlo aún más lejos!

Avanzaron hasta que el agua les llegó a las axilas, se detuvieron y me miraron.

—Ahora suéltenlo —dije.

El cuerpo de Montgomery se hundió bruscamente en medio de un gran chapoteo, y yo sentí que se me encogía el corazón.

—¡Bien! —dije, con un nudo en la garganta.

Corrieron asustados hacia la orilla, dejando largas estelas negras en el agua plateada. Al llegar a la arena se detuvieron y volvieron la cabeza hacia el mar, como si temiesen que Montgomery pudiese resurgir exigiendo venganza.

—Y ahora estos —dije, señalando a los otros cadáveres.

Tuvieron el cuidado de no acercarse mucho al lugar donde habían arrojado a Montgomery y arrastraron los cadáveres unos cien metros por la playa antes de vadear para echarlos al agua.

Mientras observaba cómo se deshacían de los restos mutilados de M'ling, pude escuchar un ligero ruido de pasos a mis espaldas, y, volviéndome bruscamente, vi al enorme Cerdo-Hiena a unos diez metros de mí. Tenía la cabeza gacha, los ojos brillantes clavados en mí y las gruesas manos deformes pegadas al cuerpo. Al cambiar de posición y encontrarme de frente a él, cambió la postura de acecho y desvió ligeramente la mirada.

Por un largo tiempo nos quedamos ahí de pie, mirándonos fijamente uno al otro. Solté el látigo y saqué la pistola del bolsillo. Estaba más que dispuesto a matar a aquella bestia, la más temida de cuantas quedaban en la isla, al menor pretexto. Podrá parecer una vileza, pero esa era mi intención. Le tenía mucho más miedo a él que a cualesquiera otros dos Monstruos juntos. Su supervivencia, y de esto no me quedaba la menor duda, era una amenaza para la mía.

Hice acopio de valor durante varios segundos. Luego grité:

—¡Saluda! ¡Arrodíllate!

Un gruñido dejó entrever sus colmillos.

—¿Quién eres tú para decirme...? —dijo el Cerdo-Hiena.

Quizá un poco precipitadamente, saqué el revólver, apunté y disparé. Le escuché chillar, vi que corría y torcía en diagonal; supe que había fallado, y tiré del percutor con el pulgar dispuesto a disparar de nuevo. Pero huía a toda velocidad, saltando de un lado a otro, y no me atreví a errar de nuevo el tiro. De vez en cuando volvía la cabeza para mirarme por encima del hombro. Corrió por la pendiente de la playa y desapareció entre la densa masa de humo que aún salía del recinto en llamas. Me quedé un rato mirándolo. Luego me volví hacia mis tres obedientes Monstruos y les hice una seña para que soltasen el cadáver que transportaban. Regresé junto al fuego, al lugar donde habían caído los cuerpos, y removí la arena con el pie hasta que desaparecieron todas las manchas de sangre.

Despedí a mis tres esbirros con un movimiento de la mano y caminé playa arriba hasta adentrarme en la espesura. Llevaba la pistola en la mano y el látigo y las hachas colgadas del cabestrillo. Deseaba estar a solas para reflexionar sobre la situación en la que me encontraba. Pero mi situación era peor de lo que imaginaba, apenas empezaba a darme cuenta de que no había un solo lugar seguro en toda la isla donde descansar y dormir. Había recuperado las fuerzas asombrosamente desde mi llegada a la isla, pero aún era propenso al nerviosismo y me venía abajo ante la adversidad. Se me ocurrió que lo mejor sería cruzar de nuevo la isla e instalarme entre los Monstruos, confiándoles mi propia seguridad personal. Pero desistí de esto, ya que no reuní el coraje o ánimo suficientes. Regresé a la playa y, girando hacia el este por delante del recinto en llamas, me dirigí hacia un banco de arena y coral que avanzaba hasta el arrecife. Allí podría sentarme a reflexionar, de espaldas al mar y haciendo frente a cualquier posible sorpresa. Y allí estuve sentado un buen rato, la cara entre las rodillas y el sol abrasándome la cabeza. Un creciente temor se apoderaba de mí, pese a lo cual planeé el modo de sobrevivir hasta la hora de mi rescate, si es que esa hora llegaba. Intenté analizar la situación con la mayor ecuanimidad, pero no lograba desprenderme de mis sentimientos.

Me puse a darle vueltas en la cabeza a la desesperación de Montgomery. "Cambiarán —dijo un vez—, seguro que cambiarán". Y Moreau, ¿qué había dicho Moreau? "Su instinto animal, su bestialidad crece cada día más". Luego volví a acordarme del Cerdo-Hiena. Estaba seguro de que, si no mataba a aquella bestia, ella me mataría a mí... El Recitador de la Ley había muerto. ¡Qué desgracia!... Ahora sabían que los Hombres del Látigo podían morir igual que ellos... ¿Me estarían espiando desde las masas verdes de helechos y palmeras, a la espera de tenerme a su alcance? ¿Qué estarían tramando contra mí? ¿Qué les estaría diciendo el Cerdo-Hiena? Mi imaginación me sumía en un mar de temores infundados.

Mis pensamientos quedaron interrumpidos por los graznidos de unas aves marinas que se precipitaban hacia un objeto negro que las olas habían depositado en la arena, cerca del recinto. Sabía muy bien de qué se trataba, pero me faltó valor para ir a ahuyentarlas. Empecé a caminar por la playa en dirección contraria, con la intención de bordear el extremo oriental de la isla y acercarme así al barranco de las cabañas, sin exponerme a las posibles emboscadas de la selva.

Después de recorrer aproximadamente un kilómetro, advertí la presencia de uno de mis tres Monstruos, que salía de los matorrales en dirección a mí. Las fantasías de mi imaginación me habían puesto tan nervioso que inmediatamente saqué el revólver. Ni siquiera sus gestos suplicantes consiguieron desarmarme. Se me acercó con vacilación.

—¡Márchate! —le grité.

La actitud asustadiza y servil de aquella criatura era propia de un perro. Retrocedió un poco, como un perro ahuyentado, y se detuvo, mirándome con ojos suplicantes.

—¡Márchate! —repetí—. No te acerques.

—¿No puedo acercarme a ti? —preguntó.

—¡No! Márchate —insistí, haciendo sonar el látigo. Luego, sosteniendo el látigo con los dientes, me agaché para coger una piedra y, amenazándolo con ella, logré que se alejase.

De este modo, a solas, llegué hasta el barranco de los Monstruos y, escondido entre las hierbas y los juncos que lo separaban del mar, los observé a medida que iban apareciendo, intentando juzgar por su actitud y sus gestos en qué medida les había afectado la muerte de Moreau y de Montgomery y la destrucción de la Casa del Dolor. Entonces comprendí el desatino de mi cobardía. Si hubiera tenido el mismo valor que al amanecer, si no hubiera permitido que se disipara en reflexiones solitarias, podría haberme adueñado del cetro vacante de Moreau y dominar a los Monstruos. Pero había perdido la oportunidad, y había descendido al rango de simple líder de mis iguales.

Hacia el mediodía, algunos se tumbaron al sol sobre la arena caliente. La imperiosa voz del hambre y de la sed prevalecía sobre mis temores. Salí de mi escondite entre los matorrales y, revólver en mano, descendí hacia donde estaban sentadas aquellas criaturas. Una de ellas, una Mujer-Lobo, volvió la cabeza y me miró con asombro; los demás la imitaron. Ninguno tuvo la intención de levantarse o saludar. Estaba demasiado débil y cansado para enfrentarme a tantos, y dejé pasar la ocasión.

—Quiero comer —dije, casi disculpándome mientras me acercaba a ellos.

—Hay comida en las cabañas —dijo un Oso-Jabalí. Este se encontraba medio dormido, y torció la cabeza hacia otro lado.

Pasé en frente de ellos y me adentré en la sombra y los hedores del barranco casi desierto. En una de las chozas que se encontraba vacía me di un festín de fruta y, tras tapar la puerta con unas ramas medio podridas, me coloqué frente a ella con la mano sobre el revólver. La fatiga de las últimas treinta horas empezaba a dejarse sentir, y caí en un ligero sueño, con la esperanza de que mi frágil barricada hiciera el ruido suficiente para evitarme cualquier sorpresa desagradable si alguna de las criaturas decidía irrumpir y sorprenderme.

XXI

La regresión de los monstruos

Y de esta manera es cómo terminé convirtiéndome en uno más de los monstruos de la isla del doctor Moreau. Cuando fui capaz de despertar ya se había hecho de noche. Bajo el vendaje, mi brazo roto me dolía mucho. Me levanté, preguntándome al principio dónde estaba. Escuché voces roncas que hablaban en el exterior. Entonces vi que la barricada había desaparecido y que la entrada de la cabaña estaba abierta. Seguía teniendo el revólver en la mano.

Escuché una respiración y vi un bulto agazapado a mi lado. Contuve la respiración, intentando averiguar de qué se trataba. «Aquello» comenzó a moverse lenta e interminablemente. Entonces sentí que algo cálido, húmedo y blando me rozaba la mano.

Se me tensaron todos los músculos del cuerpo. Aparté bruscamente la mano y estuve a punto de gritar. Pero me di cuenta de lo que había pasado y mis dedos siguieron acariciando el revólver.

—¿Quién está ahí? —susurré, apuntando con el revólver.

—Soy yo, Maestro —dijo la criatura.

—Y ¿quién eres tú? —dije con sorpresa.

—Dicen que ya no hay Maestro —respondió la criatura—, pero yo lo sé. Yo llevé los cuerpos al mar, ¡oh, tú, que caminas sobre las aguas!, los cuerpos de los que tú mataste. Soy tu esclavo, Maestro.

—¿Eres el que me encontré en la playa? —pregunté.

—El mismo, Maestro —dijo la bestia.

Creo que podía confiar en esta criatura, de lo contrario se habría abalanzado sobre mí mientras dormía.

—Está bien —dije.

Extendiendo la mano para que me la lamiera otra vez, empecé a darme cuenta de lo que su presencia significaba para mí, y mi valor creció como la espuma.

—¿Dónde están los demás? —pregunté.

—Se han vuelto locos, están chiflados —dijo el Hombre-Perro—. Andan todos hablando al mismo tiempo por ahí. Dicen: "El Maestro ha muerto, el del Látigo ha muerto. El que camina sobre las aguas es como nosotros. Ya no hay Maestro, ni Látigos, ni Casa del Dolor. Se acabó. Amamos la Ley y la respetaremos, pero ya no habrá más dolor, ni Maestro, ni Látigo". Eso es lo que dicen. Pero yo sé la verdad, Maestro, yo la sé.

Tanteé en la oscuridad y acaricié la cabeza del Hombre-Perro.

—Está bien —volví a decir.

—Y ahora los matarás a todos —dijo el Hombre-Perro.

—Sí —contesté—. Los mataré a todos, en cuanto pasen unos días y se produzcan ciertos hechos. Todos, menos los que tú perdones, morirán.

—Cuando el Maestro quiere matar, mata —dijo el Hombre-Perro con cierta satisfacción.

—Y para que sus pecados puedan multiplicarse —añadí—, dejemos que vivan su locura hasta que les llegue la hora. Que no sepan aún que yo soy el Maestro.

—La voluntad del Maestro es buena —dijo el Hombre-Perro con el instinto de su sangre canina.

—Pero hay uno que ha pecado —dije yo—. A ese lo mataré en cuanto lo encuentre. Cuando te diga «este es», abalánzate sobre él. Y ahora iré junto a los hombres y mujeres que están reunidos.

Al marcharse el Hombre-Perro, la entrada de la cabaña quedó momentáneamente oscurecida. Enseguida me puse en pie, casi en el mismo sitio donde había estado cuando escuché a Moreau y a su sabueso persiguiéndome. Pero ahora era de noche, el miasmático barranco que me rodeaba estaba envuelto en la negrura y, más allá, en lugar de una verde ladera iluminada por el sol, vi la luz roja de una hoguera ante la que se movían unas figuras grotescas y encorvadas. A lo lejos se alzaban los densos árboles, una masa negra bordeada en su parte superior por el negro manto de las ramas más altas. La luna asomaba en ese instante por el borde del barranco, atravesada por las perpetuas columnas de vapor que brotaban sin cesar de las fumarolas de la isla.

—Ven conmigo —le dije al Hombre-Perro para darme ánimos, y juntos descendimos por el estrecho camino, sin prestar la menor atención a las imprecisas formas que nos espiaban desde las cabañas.

De nuevo, ninguno de los que estaban junto a la hoguera hizo amago de saludarme. Casi todos fingieron con desdén no advertir mi presencia. Busqué con la mirada al Cerdo-Hiena, pero no estaba allí. Había en total unos veinte Salvajes acuclillados mirando al fuego o charlando entre sí.

—Está muerto, está muerto, el Maestro está muerto —dijo la voz del Hombre-Mono. Este se encontraba a mi derecha—. Ya no hay Casa del Dolor —dijo nuevamente.

—No está muerto —dije yo en voz alta—. En este mismo instante nos está observando a todos.

Mis palabras los sobresaltaron. Veinte pares de ojos se fijaron en mí.

—La Casa del Dolor ha desaparecido —dije—, pero solo momentáneamente. Aunque no puedan ver al Maestro, él los escucha desde allí arriba.

—¡Es cierto, es cierto! —dijo el Hombre-Perro.

Mi seguridad les hizo titubear. Los animales pueden ser muy astutos y feroces, pero solo un hombre es capaz de mentir.

—El Hombre del Brazo Vendado dice cosas extrañas —observó uno de los Salvajes.

—Te aseguro que es cierto —dije—: el Maestro y la Casa del Dolor volverán otra vez. ¡Ay de aquel que quebrante la Ley!

Se miraron los unos a los otros con extrañeza. Fingiendo indiferencia, comencé a escarbar despreocupadamente el suelo con el hacha. Vi que observaban los profundos cortes que hacía en la hierba.

Entonces el Sátiro planteó una duda, y yo le respondí. Una de aquellas cosas moteadas puso otra objeción, y una animada discusión surgió en torno al fuego. A cada momento me sentía más seguro de mí mismo. Ya no me quedaba sin respiración al hablar, como me sucediera al principio, a causa de la excitación. Al cabo de media hora había convencido a varios Monstruos de la veracidad de mis afirmaciones y había sembrado la duda en los demás. Estuve pendiente en todo momento de mi enemigo, el Cerdo-Hiena, pero no logré verlo por ningún lado. De vez en cuando me sobresaltaba un movimiento sospechoso, pero mi confianza no me iba a abandonar tan fácilmente. Luego, a medida que la luna descendía desde el cénit, los que escuchaban comenzaron a bostezar, mostrando los dientes a la luz de las brasas y, uno a uno, se retiraron a las guaridas del barranco. Temeroso del silencio y de la oscuridad, me fui tras ellos, pues sabía que estaba más seguro con varios que con uno solo.

De esta manera empezó el período más largo de mi estancia en la isla del doctor Moreau. Pero desde esa noche y hasta el final solo ocurrió un incidente digno de mención, amén de una interminable serie de pequeños detalles desagradables y de un desasosiego constante. De modo que prefiero no hacer una crónica de ese lapso de tiempo y ceñirme a un acontecimiento crucial en los diez meses que pasé en compañía de aquellas bestias casi humanas. Estaría más que dispuesto a dejarme cortar la mano derecha con tal de olvidar muchas cosas que han quedado grabadas en mi memoria y que podría referir, pero la verdad es que no añaden nada a la historia.

Al revivir en mi mente todo por lo que pasé, me sorprendo al recordar lo pronto que me adapté a las costumbres de los Monstruos y lo fácil que fue ganar su confianza. Tuve algunas peleas, de cuyas mordeduras aún conservo las cicatrices, pero no tardaron en mostrar un sano respeto por mi habilidad como lanzador de piedras y por el filo de mi hacha. La ayuda del Hombre-Perro —leal como un San Bernardo— fue inestimable para mí. Descubrí que su sencilla escala de valores se basaba ante todo en la capacidad para producir heridas sangrantes. De hecho, puedo afirmar —espero que sin vanidad— que llegué a ocupar una posición preeminente entre ellos. Más de uno al que había malherido en alguna pelea me guardaba rencor, pero generalmente se limitaba a hacerme muecas, casi siempre a mis espaldas y a prudencial distancia de mis misiles.

El Cerdo-Hiena me evitaba, y yo me mantenía alerta a su presencia en todo momento. Mi inseparable Hombre-Perro lo odiaba y lo temía intensamente. Estoy seguro de que esa era la razón de su apego a mí. Pronto comprendí que el Cerdo-Hiena había probado la sangre y seguía el mismo camino que el Hombre-Leopardo. Construyó una guarida en algún lugar del bosque y se volvió solitario. En una ocasión intenté convencer a los Salvajes para que le diesen caza, pero me faltó autoridad para que actuaran todos a una. Una y otra vez intenté acercarme a su guarida y sorprenderlo desprevenido, pero siempre era más rápido que yo y, al verme o sentir mi olor en el viento, tenía tiempo de escapar. Con sus emboscadas repentinas, también él hacía que los senderos del bosque resultasen peligrosos para mí y para mis aliados. El Hombre-Perro apenas se atrevía a alejarse de mi lado.

Al cabo del primer mes, y en comparación con su situación anterior, los Monstruos eran pasablemente humanos, y con alguno de ellos —aparte de mi compañero canino— llegué a portarme de manera tolerante y amistosa. El Perezoso me mostraba un raro afecto y me seguía a todas partes. El Hombre-Mono, sin embargo, me molestaba de una manera indescriptible. Daba por hecho, fundándose en sus cinco dedos, que era mi igual, y se pasaba el día cotorreando y diciendo las mayores tonterías. Solo había una cosa en él que me hacía gracia: tenía una fantástica habilidad para inventar palabras nuevas. Al parecer pensaba que el uso correcto del lenguaje consistía en farfullar palabras sin sentido. Llamaba a esto «grandes ideas», para distinguirlo de las «pequeñas ideas», es decir, de los detalles de la vida cotidiana. Cuando hacía un comentario que él no entendía, siempre lo alababa mucho y me pedía que lo repitiese para aprenderlo de memoria; luego iba repitiéndolo por todas partes para impresionar a los más ingenuos. No decía nada que fuese sencillo y comprensible. Inventé algunas «grandes ideas» para su uso particular. Ahora me parece que era la criatura más tonta que he conocido jamás; a la característica necedad del hombre sumaba prodigiosamente la estupidez natural del mono.

Esto, como digo, sucedió en las primeras semanas de soledad entre las bestias. Durante aquel tiempo respetaron las costumbres establecidas por la Ley y se comportaron con moderación. Volví a encontrar otro conejo descuartizado —por el Cerdo-Hiena, estoy seguro—, pero eso fue todo. Fue hacia mayo cuando empecé a detectar cambios evidentes en su forma de hablar y de moverse, una mayor dificultad de articulación, un creciente desinterés por el lenguaje. El parloteo del Hombre-Mono era más intenso que nunca, pero resultaba cada vez más incomprensible, más simiesco. Algunos parecían estar perdiendo la facultad del habla, aunque comprendían lo que les decía. ¿Puede alguien imaginar la pérdida y el embotamiento del lenguaje claro y conciso, su creciente ausencia de forma y significado, su transformación en mero sonido vacío? Además, empezaban a tener serias dificultades para caminar erguidos. Aunque era evidente que les producía mucha vergüenza, de vez en cuando sorprendía a alguno corriendo a cuatro patas, incapaz de recobrar la posición vertical. Sujetaban las cosas con mayor torpeza, bebían directamente con la boca, roían la comida y se mostraban cada día más toscos. Entendí mejor que nunca lo que Moreau me había dicho sobre la «obstinada carne de las bestias». Estaban regresando rápidamente a su estado primitivo.

Algunos —primero las hembras, según observé con cierta sorpresa— comenzaron a hacer caso omiso de las normas del decoro, casi siempre deliberadamente. Otros incluso se rebelaron en público contra la institución de la monogamia. Era evidente que la Ley se debilitaba justo en frente de mí. No puedo seguir con este desagradable asunto.

Mi Hombre-Perro se transformaba lentamente en perro como tal; poco a poco se fue volviendo más estúpido, más cuadrúpedo y más peludo. Apenas advertí la transición de compañero fiel a perro furtivo.

A medida que crecían la negligencia y la desorganización, el camino de las cabañas, ya de por sí desagradable, se me hizo tan repugnante que tuve que abandonarlo y, atravesando otra vez la isla, me construí un cobertizo de ramas entre las negras ruinas del recinto de Moreau. El recuerdo del dolor que allí habían padecido hacía de aquel un lugar seguro para esconderse de los Monstruos.

Sería imposible detallar paso a paso la degeneración de los Monstruos; contar cómo perdían día a día los rasgos humanos, cómo se deshacían de sus trapos y sus vendas hasta prescindir por completo de la ropa, cómo empezaba a extenderse el pelo por sus extremidades desnudas, cómo se les hundía la frente y se les alargaba la cara. El solo recuerdo de la intimidad casi humana que había tenido con alguno de ellos durante el primer mes de mi soledad me espantaba.

La transformación se produjo de manera lenta e inevitable. No fue una conmoción ni para ellos ni para mí. Aún podía sentirme seguro entre ellos, porque su regresión aún no había liberado la explosiva carga de animalidad que apagaba por momentos sus características humanas. Pero empecé a temer que la conmoción se produjese en cualquier momento. Mi San Bernardo me seguía hasta el recinto cada noche, y su vigilancia a veces me permitía dormir casi en paz. El Perezoso rosado se volvió asustadizo y regresó a su medio natural entre las ramas de los árboles. Nuestro estado de equilibrio era el mismo que el que quedaría en una de esas jaulas llenas de animales diversos que exhiben los domadores, si el domador las abandonara para siempre.

Pero estas criaturas no degeneraron en bestias como las que el lector habrá visto en los zoológicos, es decir, en vulgares osos, lobos, tigres, bueyes, cerdos o monos. Seguía habiendo algo extraño en su naturaleza; en cada uno de ellos Moreau había mezclado un animal con otro: uno tenía rasgos principalmente de algún tipo de oso, otros felinos, el de más allá bovinos, pero cada cual estaba contaminado por otras criaturas, y una especie de animalismo generalizado surgía bajo sus caracteres específicos. Todavía me sorprendían de vez en cuando ciertos rasgos humanos, como la recuperación momentánea del lenguaje hablado, la inesperada habilidad de las patas delanteras o algún penoso intento de caminar erguidos.

También yo debí de experimentar extraños cambios. Mi ropa era un puñado de andrajos amarillentos, a través de los cuales se veía la piel bronceada. Tenía el pelo larguísimo y enmarañado. Dicen que incluso ahora mis ojos conservan un brillo y una viveza inusuales.

Al principio pasaba el día en la playa meridional, oteando el horizonte, esperando el paso de un barco y rogando por su aparición. Confiaba en el regreso anual del *Ipecacuanha*, pero nunca llegaba. En cinco ocasiones divisé velas, y vi tres columnas de humo, pero nadie se detuvo en la isla. Tenía siempre una hoguera encendida, pero sin duda se atribuía el humo a la naturaleza volcánica de la isla.

Era ya septiembre u octubre cuando empecé a pensar seriamente en construir una balsa. Por aquel entonces el brazo ya estaba curado y podía servirme de las dos manos. Al principio me sentí impotente. Jamás había hecho un trabajo de carpintería ni cosa parecida, y me pasaba el día en el bosque, cortando troncos e intentando ensamblarlos. No tenía cuerdas ni encontraba con qué fabricarlas; las lianas eran muy abundantes, pero ninguna parecía suficientemente flexible y resistente al mismo tiempo y, con toda mi carga de educación científica, era incapaz de conferirles la flexibilidad y resistencia necesarias. Pasé más de dos semanas rebuscando entre las ruinas del recinto y en el lugar de la playa donde habían quemado los botes, en busca de clavos y otras piezas de metal desperdigadas que pudieran serme de utilidad. De vez en cuando se acercaba a mirar algún Monstruo, pero se alejaba dando saltos en cuanto le gritaba. Luego sobrevino una temporada de tormentas y lluvias torrenciales que retrasaron considerablemente mi trabajo, pero al fin la balsa quedó terminada.

Estaba orgulloso de ella. Pero, con esa falta de sentido práctico que siempre ha sido mi perdición, había construido la balsa a más de un kilómetro del mar, y antes de poder arrastrarla hasta la orilla se había hecho pedazos. Tal vez fuera una suerte para mí no poder botarla entonces, pero en ese momento, la desesperación por el fracaso fue tan grande que durante varios días no fui capaz de hacer nada más que vagar por la playa, contemplar el mar y pensar en la muerte.

Pero no tenía la menor intención de morir, y ocurrió un incidente que me hizo ver con claridad la insensatez de dejar pasar así los días, pues los Monstruos eran cada vez más peligrosos.

Estaba tumbado a la sombra del muro del recinto, mirando al mar, cuando me sobresaltó el contacto de algo frío en el talón y, volviéndome bruscamente, vi al Perezoso que me miraba con asombro. Hacía tiempo que había perdido el habla y la capacidad de desplazarse con facilidad; el pelo lacio se había vuelto más espeso y sus gruesas garras más ganchudas. Al ver que había llamado mi atención, lanzó un débil gemido, regresó hacia la maleza y se volvió para mirarme.

Al principio no lo entendí, pero luego se me ocurrió que quizá quería que lo siguiera; entonces fui tras él, muy despacio, porque hacía mucho calor. Al llegar a los árboles comenzó a trepar por uno de ellos, pues se desplazaba mejor a través de las lianas que en tierra firme. De repente, en un claro del bosque, me encontré con una escena espantosa: mi San Bernardo yacía muerto en el suelo, y junto a él, agazapado, estaba el Cerdo-Hiena, desgarrando la carne palpitante con sus deformes garras; mordisqueándola y gruñendo con satisfacción. Al acercarme, el Monstruo levantó hacia mí unos ojos amenazadores, echó hacia atrás los labios, mostrando los dientes ensangrentados, y rugió con aire desafiante. No tenía miedo ni sentía vergüenza; había perdido el último vestigio de su procedencia humana. Avancé un paso, me detuve y saqué el revólver. Por fin estábamos frente a frente.

El animal no hizo amago de retroceder, sino que echó hacia atrás las orejas, se le erizó el pelo y encogió el cuerpo, dispuesto a saltar. Le apunté al entrecejo y disparé. En ese momento, la bestia se abalanzó sobre mí de un salto y me derribó como si fuera un bolo. Intentó agarrarme con la mano herida y me golpeó en la cara. Quedé atrapado bajo su cuerpo, mas, por fortuna, el disparo había sido certero y la bestia murió en el momento de saltar. Me lo quité de encima y me puse en pie, temblando, mirando asustado su cuerpo convulso. Por fin había pasado el peligro. Pero sabía que esto no era sino el comienzo de una larga serie de incidentes.

Quemé los dos cadáveres en una pira hecha con ramas. Ahora veía con claridad que, si no abandonaba la isla, mi muerte sería solo cuestión de tiempo. Por aquel entonces los Monstruos, con alguna que otra excepción, habían abandonado el barranco y habían construido guaridas, cada cual, a su manera, entre la maleza. Casi todos pasaban el día durmiendo, y la isla le habría parecido desierta a cualquier recién llegado; pero de noche el aire se poblaba de gritos y aullidos. Se me pasó por la cabeza la idea de hacer una masacre, tendiendo trampas o atacándolos con un cuchillo. Si hubiera tenido cartuchos suficientes, no habría vacilado en comenzar la matanza. Según mis cálculos no debían de quedar más de veinte carnívoros, y los más feroces ya habían muerto. Tras la muerte del pobre perro, mi último amigo, también yo adopté la costumbre de dormitar durante el día para permanecer alerta por la noche. Reconstruí mi guarida entre las ruinas del recinto, dejando una entrada muy estrecha, de tal modo que quien intentase traspasarla tuviera que hacer mucho ruido. Los Monstruos habían olvidado el arte del fuego y sentían hacia él un renovado temor. Me puse de nuevo, casi frenéticamente, a ensamblar ramas y estacas para construir una balsa en la que poder huir.

Me topé con mil dificultades. Soy un hombre muy torpe —cuando terminé mis estudios aún no se había adoptado el método Slójd[12]— pero de una u otra forma, y no sin complicaciones, logré satisfacer las exigencias de mi obra, y esta vez me preocupé ante todo de su solidez. El único obstáculo insalvable era que no tenía ningún recipiente donde almacenar el agua, tan necesaria para navegar por aquellos mares poco frecuentados. Habría intentado hacer uno de cerámica, pero en la isla no había arcilla. Me dediqué a rastrear el terreno, poniendo todo mi empeño en resolver esta última dificultad. A veces sufría violentos ataques de ira y, en esos momentos de intolerable agitación, derribaba a hachazos el tronco de un desdichado árbol, sin hallar una solución.

Entonces llegó un día, un maravilloso día, que pasé en completo éxtasis. Hacia el sudeste divisé una vela, una vela minúscula como la de una goleta pequeña, y al momento encendí una gran hoguera de ramas y me quedé junto a ella, vigilando, pese al calor del fuego y al calor del sol de mediodía. Observé aquella vela durante el día entero, sin comer ni beber nada, hasta el punto que la cabeza empezó a darme vueltas; los Monstruos se me acercaban, me miraban con asombro y se marchaban. El barco aún estaba lejos cuando desapareció en la oscuridad de la noche; trabajé con ahínco durante toda la noche para mantener vivo el fuego, y sus llamas

---

12   El método Sloyd o Slöjd: es un sistema educativo basado en el trabajo manual lanzado en 1865.

se elevaban altas y resplandecientes mientras los maravillados ojos de los Monstruos brillaban en las tinieblas. Al alba, el barco estaba más cerca, y pude distinguir la vela sucia de una pequeña embarcación. Tenía la vista cansada tras las largas horas de observación y, aunque me esforzaba por ver con claridad, no podía creer lo que estaba viendo. Había dos hombres a bordo, uno en la proa y el otro al timón. Pero el barco navegaba de un modo extraño. La proa no se mantenía al viento, sino que avanzaba dando guiñadas.

Cuando clareó el día, me puse a hacerles señas agitando el último jirón de mi chaqueta; pero no me vieron y siguieron sentados uno frente a otro. Fui hasta la punta del promontorio, gesticulando y gritando sin obtener respuesta, mientras el barco continuaba sin rumbo fijo, acercándose lenta, muy lentamente, a la bahía. De repente, sin que ninguno de los dos hombres hiciera el menor movimiento, un enorme pájaro blanco alzó el vuelo desde la embarcación, describió un círculo y pasó volando por encima de mi cabeza con sus poderosas alas extendidas.

Entonces dejé de gritar, me senté en el promontorio y, apoyando la barbilla entre las manos, continué mirando la extraña embarcación. Despacio, muy despacio, el barco derivaba hacia el oeste. Podría haber nadado hasta alcanzarlo, pero una especie de temor impreciso me retuvo. Por la tarde, la corriente lo arrastró hasta la arena, a unos cien metros al oeste del recinto en ruinas. Los hombres que lo ocupaban estaban muertos, llevaban muertos tanto tiempo que se cayeron a pedazos cuando intenté desembarcarlos. Uno de ellos tenía una melena roja como la del capitán del *Ipecacuanha*, y en el fondo del barco había una gorra blanca, muy sucia.

Mientras estaba junto al bote, tres de los Monstruos salieron sigilosamente de la maleza y se me acercaron, olfateando. Al verlos sentí un arrebato de asco. Empujé la embarcación con todas mis fuerzas para reflotarla y subí a bordo. Dos Hombres-Lobo se acercaban con hocicos temblorosos y ojos relucientes; el tercero era ese indescriptible horror, mezcla de toro y oso. Cuando me di cuenta que se acercaban a esos restos miserables, lanzándose gruñidos amenazadores y mostrando los blancos colmillos, un espantoso horror sucedió a mi repulsión. Les di la espalda, recogí la vela y me hice a la mar sin atreverme a mirar atrás.

Aquella noche me mantuve entre los arrecifes y la isla, y a la mañana siguiente volví al arroyo para llenar de agua el barril que había encontrado en la barca. Luego, con toda la paciencia de que fui capaz, recogí algunas frutas y cacé dos conejos con mis tres últimos cartuchos. Había dejado el bote amarrado a un saliente del arrecife por temor a los Monstruos.

XXII

EL HOMBRE SOLO

Me marché ya muy entrada la tarde, era transportado suavemente por una lenta pero constante brisa que provenía del sudoeste. Podía ver como la isla se hacía cada vez más pequeña, y la delgada espiral de humo se veía ya como una fina raya sobre la cálida puesta de sol. El océano se levantaba a mi alrededor, borrando de mi vista aquella mancha oscura. La luz, fugitiva gloria del sol, comenzó a desaparecer del cielo como una cortina luminosa, y al fin pude mirar el inmenso abismo azul que el sol ocultaba, y pude observar el grupo de estrellas que flotaban en el firmamento. El mar se encontraba en calma, el cielo también estaba en calma; yo me encontraba a solas con la noche y el silencio.

Navegué a la deriva, aproximadamente por tres días, casi no probaba comida o bebía nada, pensando en todo lo que me había sucedido, y sin demasiados deseos de volver a ver a nadie. Llevaba puestos unos harapos y mi pelo era una maraña sucia. Con razón mis rescatadores me tomaron por loco.

Es curioso, pero no sentía ningún deseo de regresar a la civilización. Me alegraba únicamente de verme libre de la vileza de los monstruos salvajes. Al tercer día fui rescatado por un bergantín que cubría la ruta entre Asia y San Francisco. Ni el capitán ni el piloto creyeron una sola palabra de mi relato, pues pensaron que la soledad y el peligro me habían trastornado. Ante el temor de que su opinión pudiese contagiar a otros, me abstuve de proseguir el relato de mi aventura, y fingí no recordar nada de lo ocurrido desde el naufragio del *Lady Vain* hasta el momento de mi rescate, es decir, durante un año.

Tuve que actuar con la mayor prudencia para alejar de mí la sospecha de la locura. Me atormentaban los recuerdos de la Ley, de los dos marinos muertos, de las emboscadas en la oscuridad, de aquel cuerpo en el cañaveral... Por extraño que parezca, mi regreso a la civilización, en lugar de proporcionarme la confianza y la tranquilidad que yo esperaba, acrecentó la inseguridad y el temor que había experimentado durante mi estancia en la isla. Yo resultaba casi tan insólito para los hombres como lo había sido para los monstruos. Es probable que se me hubiera contagiado un poco de la ferocidad de mis compañeros salvajes. Comentan que el terror es una enfermedad; sea como fuere, puedo dar fe de que, desde hace ya varios años, se ha apoderado de mí el desasosiego, un desasosiego comparable al de un cachorro de león a medio domesticar.

Mi trastorno adquirió una forma muy extraña. No lograba quitarme de la cabeza la idea de que los hombres y mujeres que conocía eran otros monstruos pasablemente humanos, animales con forma de persona, y que en cualquier momento podían comenzar a transformarse, a mostrar este o aquel síntoma de su naturaleza bestial. Pero he confiado mi caso a un hombre extraordinariamente capaz, un hombre que había conocido a Moreau y parecía dar cierto crédito a mi historia, un psiquiatra que me ha ayudado mucho. Aunque supongo que el terror de la isla no me abandonará nunca, a veces se oculta en lo más recóndito de mi mente: una nube lejana, un recuerdo, una leve desconfianza; pero hay momentos en que la pequeña nube se extiende y oscurece el cielo por completo. Entonces miro a la gente que me rodea y el miedo se apodera de mí. Veo unos rostros resplandecientes y animados, otros sombríos o peligrosos, otros inseguros, insinceros; ninguno que tenga la reposada autoridad de un alma sensata. Siento que el animal se está apoderando de ellos, que en cualquier momento la degradación de los isleños va a reproducirse a gran escala. Sé que todo es una ilusión, que esos hombres y mujeres son seres perfectamente normales, llenos de sentimientos humanos y de ternura, libres del instinto, en lugar de esclavos de una fantástica Ley, seres diametralmente opuestos a los monstruos. Sin embargo, me asusta su presencia, sus miradas curiosas, sus preguntas y su insistencia, y ansío estar a solas, lejos de ellos. Por esta razón vivo cerca del campo, y puedo refugiarme en él cuando esa sombra se cierne sobre mi alma. Qué agradable resulta entonces el campo solitario, bajo las nubes llevadas por el viento.

Cuando viví en Londres, el miedo era casi insoportable. No podía apartarme de la gente: sus voces entraban por las ventanas, las puertas eran una endeble protección. Caminaba por las calles para combatir mi alucinación: mujeres entrometidas me acosaban con sus gritos, hombres furtivos y voraces me miraban con envidia, obreros pálidos y agotados —los ojos cansados y el paso ansioso como ciervos heridos— pasaban tosiendo a mi lado, ancianos encorvados y taciturnos murmurando, y un tropel de niños se burlaba de mí. Entonces me refugiaba en una capilla, e incluso allí —tal era mi desasosiego— me parecía que el cura farfullaba las mismas incongruencias que el Hombre-Mono; o en una biblioteca, donde aquellos rostros concentrados en los libros parecían fieras al acecho. Particularmente nauseabundos eran los rostros vacíos e inexpresivos de la gente que viajaba en los trenes y en el ómnibus; me recordaban tanto a los muertos que solo me atrevía a viajar cuando estaba seguro de ser el único pasajero. Ni yo mismo parecía un ser normal, sino un animal atormentado que quisiera vagar para calmar algún trastorno del cerebro, como una oveja enferma.

Pero, gracias a Dios, este estado de ánimo es cada vez menos frecuente. Me he alejado del desconcierto de las ciudades y de las muchedumbres, y me paso el día rodeado de libros doctos, de ventanas llenas de luz en esta vida iluminada por las resplandecientes almas de los hombres. Intento tener el menor contacto con desconocidos, y mi servicio doméstico es muy reducido. Paso mis días dedicado exclusivamente a la lectura y a los experimentos de química, y paso muchas noches claras en el laboratorio de astronomía. El brillo de las estrellas me produce, aunque no sepa cómo ni por qué, una sensación de paz y seguridad infinitas. Tengo la leve impresión, de que, en las vastas y eternas leyes de la materia, y no en las preocupaciones, en los pecados y en los problemas cotidianos de los hombres, lo que en nosotros pueda haber de superior al animal debe buscar el sosiego y la esperanza. Sin esa utopía me sería imposible seguir viviendo.

Y así, en la esperanza y la soledad, termina mi relato.

EDWARD PRENDICK

ÍNDICE